MORANGOS COM CHANTILLY

Coleção Paralelos
Dirigida por J. Guinsburg

Equipe de Realização – Revisão: Shizuka Kuchiki; Projeto Gráfico: Marina Mayumi Watanabe e Plinio Martins Filho; Ilustração da Capa: Jeanete Musatti; Foto: Romulo Fialdini; Produção: Ricardo W. Neves e Sylvia Chamis; Produção de Texto: Cesar Costa Lima; Editoração: Intek Studio Eletrônico.

Amália Zeitel

Morangos com Chantilly

E OUTROS CONTOS

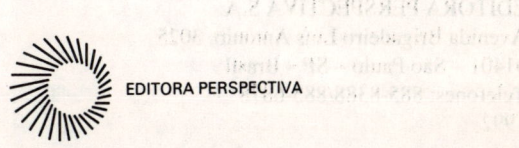

Direitos reservados à
EDITORA PERSPECTIVA S.A.
Avenida Brigadeiro Luís Antônio, 3025
01401 – São Paulo – SP – Brasil
Telefones: 885-8388/885-6878
1992

*Para os que correm
nas minhas veias.
Biro,
Jane, Luciana, Jairo e Moacir,
Jacqueline, Daniela, Bruno e Nina.
Roberto, Sérgio, Eliane...*

Agradeço o empurrão de Célia Berrettini, o espanto de Trudi Landau, a dedicação de Fanny Abramovich, o carinho de Malvina Muszkat, a colaboração de Fany Kon e de Cybele Simões. A cumplicidade de Celso Nunes.

Índice

1. A Dama do Café 13
2. Hambúrgueres & Carpaccios 19
3. Ana Xadrez 27
4. Contar nos Dedos 33
5. Morangos com Chantilly 43
6. Sem Nome 51
7. Alice de Vermelho 53
8. Excursão 61
9. Pode Ser 67
10. Rodas 75
11. Mestra Lica 81
12. Bolimbolacho 87
13. Diário 93
14. Gestação 101
15. Por Enquanto 107
16. Pílula 113
17. Sapatos de Cristal 117
18. Cama I 123
19. Cama II 127
20. Cama III 131
21. No Jardim 135

Fragmentos de um Espelho – *Mariangela Alves de Lima* 137

1
A Dama do Café

*Para as cabras, cadelas, mulas, leoas,
ovelhas, serpentes, lobas, piranhas...*

O churrasco, uma beleza. Todos comeram muito bem, pouco importa que a carne fosse dura. Penso, é carne de gado velho. Vaca parida, sofrida, bem da pelancuda. Igualzinha à da mulher sentada ali perto, na sua festa de aniversário, saboreando um cafezinho. A distinta senhora levanta os braços e, entre o cotovelo e a axila, despenca uma massa de carne que se balança. Carne macia. Macia? Não, não pode ser macia, é flácida, é estirada, é vivida.

"Dei tudo o que pude para meus filhos", ouço-a dizendo, "nunca parei para pensar se estava dando muito ou pouco. O que eu dava era tudo o que tinha. Aliás, dou até hoje", complementa, soprando o café.

E alguém duvida que uma mãe dá mesmo tudo o que pode dar? Eu me olhava ali do lado, com meus dois pequenos, trepando nas minhas pernas, no meu peito, arrancando meus cabelos, puxando o meu colar, pisando na minha barriga como se eu fosse tatame de judô. A diferença entre nós duas, ambas vacas paridas, é que ela, hoje avó, já está quase fechando para balanço, enquanto eu, Alice, ainda sou doadora universal. Parece-me que a minha carne mantém um pouco do tônus juvenil... É, é isso, ainda tem sumo, enquanto a da outra foi secando, secando, e então despenca. Despenca, e hoje que ela já não dá mais... Será que pode pouco? Ou será que fode pouco?

O que dou hoje para meu filho? Dou um beijo no nariz, dou a mão para atravessar a rua, cuido dos resfriados, faço tchuc-tchuc na barriguinha e ele morre de dar risada e eu também. Não é difícil. Não sei do que ela tanto reclama. Há anos que não sei o que é dormir, isso é duro. E eu me queixo? Não vou ao cinema, não vou ao teatro, mal penteio o cabelo, e eu me queixo? De uma roupa nova, então, nem se fala... Dou uns gritos, dei um tapinha uma vez. Não ponho de castigo. Também não mando dizer obrigado, bom-dia, com licença, isso tudo a criança aprende por imitação.

E é então que a quase cinqüentenária conta, emocionada, como hoje sofre de lordose, artrose, micose, neurose, osteoporose e, a gente vê, psicose. Não com essas palavras nem com esses nomes, ela conta apenas história. "Eu carregava a menina no colo dia e noite, chorava tanto a coitadinha. É, naquele tempo não havia fraldas descartáveis, eu lavava fraldas e cantava, bom, na hora de fazer as mamadeiras não abria a boca, você já pensou quanto micróbio a gente solta só de mexer o rosto?"

— Nenhuma novidade — comentei com minha amiga Dora – e, hoje, quem pode comprar essas fraldas descartáveis? Vamos dar uma volta? — Não tinha vontade de ficar ali.

— Só depois que a Rosinha acordar — respondeu Dora, baixinho. — Se eu mexer no carrinho agora, vou ter de agüentar uma choradeira.

Uma sorte, bebê dormindo. Solidária, ali fiquei e ali agüentamos o relato dos anos adolescentes da chorona. "Meiga", contava a aniversariante, os olhos colocados num infinito qualquer, "boa aluna, era tão linda, aí arrumou um namorado que só gostava de futebol. Tristeza. Depois namorou um industrial, um horror. Só iam a lugares grã-finos, não havia roupa que chegasse. Me enlouqueceu e foi o maior desfalque no bolso do pai. Mas o pior foi a vida comunitária, andou com um vagabundo, não dormia em casa, abandonou aquela roupa toda, tão linda, vestia... não gosto nem de lembrar."

Eu atendia meu pequeno que insistia em comer a quinta fatia de bolo e procurei os olhos de Dora:

— Que atraso... nossa geração está preparada para enfrentar a rebeldia do jovem, isso acontece a todos.

— É... E você está preparada para enfrentar a diarréia que vem depois dessa orgia de bolo?

— Lingüiça, mãe, eu quero lingüiça. — Depois de tanto doce, quem mandou Dora falar em diarréia, agora é que ela vem. Mas como negar, a criança tem vontade...

"Há uma ingratidão muito grande", prosseguia a tagarela dama, "e, sabe, aqueles eram tempos duros. Os filhos de hoje não reconhecem o quanto a gente se matou por eles. Sabe que eu viajava com eles à praia todos os anos, não é verdade, a saúde dos filhos em primeiro lugar. E eu detesto praia. A gente gastava um dinheiro que não tinha. Obrigada, aceito sim mais uma xícara de café."

Corri tirar a terceira lingüiça da boca do meu filho, já estava cheia de mosquitos. Olha lá, meu bem, olha lá que passarinho bonito. Vem, a mamãe te dá um carrinho novo. Xii, onde é que vou arrumar um carrinho agora. Ufa, estou exausta, o que há com o nenê que não pára de chorar, faz tempo que não troco a fralda, já vai, meu filho, o carrinho já vou achar, olho para o cafezinho, a dama continua tomando, socorro, Luís!!, onde está o Luís? Não quero nem saber, hoje não vou trepar, eu quero é cair morta na cama. O pior é que ele também.

— Está jogando futebol!

Agradeço a informação.

— De manhã os homens saíram para uma caminhada, jogaram vôlei, depois foram nadar, aí ficaram tomando batida, agora...

Dora cortou meu desabafo:

— Daqui a pouco vão jogar pôquer... E cala a boca, que nunca vi um domingo que não fosse assim mesmo.

Terá sido um dia exaustivo, eu que o diga. Comecei a sentir uma certa simpatia pela pobre senhora parida. Na verdade, eu não conhecia os seus relatos sob o prisma do papo social, abrindo o coração, na euforia de ser ela o centro das atenções.

"Dá pra acreditar? Sabe que eu e meu marido ficamos mais de dez anos sem conversar? Que dez nada, muito mais! Sério! Cada vez que a gente abria a boca, tinha algum filho querendo falar..."

— Carrinho! Quero carrinho!

— Tá bom, tá bom, meu filho, cala a boca! — Com o Júnior a cavalo na minha cintura direita, corri para achar uns pauzinhos. Que fossem, de preferência, menos tortos que a minha coluna naquele momento. Voltei ao território da conversa, até que é engraçado, pensei, enquanto tentava montar o prometido. Puxa vida, não tenho jeito...

— Olha, depois o teu pai faz pra você, tá bom? — Berreiro alucinado, vira-se a senhora:

— Mas por que chora tanto essa pobre criança? Olha aí, vai com a mamãe, vai.

E retoma o seu papo-furado. Mordi os lábios com a desfaçatez. Na verdade, pouco me interessa a sua versão sobre o passado, não passa tudo de uma grande lorota, mesmo tendo o prazer atrasado de ouvir de sua boca que eu era linda. Gentilmente, conduzi os meninos para o seu colo:

— Mamãe, fica um minutinho com eles?

A Dama do Café

Sei, era seu aniversário, merecia uma folga. Mas... e se preciso da minha mãe?

Fui para a piscina. Lá, refleti sobre quantos cafezinhos a mãe, qualquer uma, tem o direito de tomar.

2
Hambúrgueres & Carpaccios

> *Ter sido o que sempre fui e, no entanto, tão diferente do que eu era.*
> S. Beckett

Alice na maquininha examinou, sentiu. Incógnita. É como quando se mostra um comum... relógio a uma criança. Tique-taque. Ela fica maravilhada. E certamente que vai arrebentar a máquina se quiser deslindar a sua mágica. Sendo pessoa adulta, no entanto, tal como era Alice quando pela vez primeira enveredou pelas suas sendas e, para consagrar a sua experiência, Alice se arrebentou junto. Senão não seria experiência. Isso é bem humano e foi assim.

— Vou me casar.

— O quê? Como? Você? Mas não é você que diz que é muito jovem, que a vida está aí para ser aproveitada, que nada de se amarrar sem antes saber o que quer, com quem quer, e só depois de se consolidar como profissional e ganhando o seu próprio dinheiro?

Alice olhou para a enxurrada de dúvidas, deu um gostoso sorriso de tranqüila superioridade, respondeu "pois é" e partiu para enfrentar a maquininha que, só de pensar, já havia crescido um pouco.

Que Alice entrou num processo sutil, incipiente mas agudo, de nervosismo e emoção, nem é preciso dizer. Aparentemente, continuava tudo igual. Parou um pouco de ler revistas femininas — saias mais curtas neste inverno mais longas neste verão quem não cortar o cabelo está fora da moda cuide da pele do corpo senão o teu homem não te acha gostosa e aí procura outras, guerra é guerra — e passou a ler coloridos manuais, também chamados revista, da bem-montada máquina-indústria do casamento.

Puxa, que máquina! Alice lia, anotava, organizava e nem percebia a voracidade com que ia sendo engolida, muito pelo contrário. A máquina-propaganda estava ali para não deixar ninguém hesitar. Ela não é constituída só pela publicidade, não. Esta é mero complemento de uma enraizada ideologia mítico-filosófica que começa pelo reconhecimento de que o casamento é um ritual necessário e vai até a escandalosa complacência de todas as tias do mundo que afirmam, carinhosas e com um sorriso de amor:

— É uma vez só, Alice. É isso mesmo. A noiva tem o direito.

Direito de quê? Ora, de repetir infinitamente e, como repetição, consagrar o ato a-histórico da "união de dois seres que se amam" até que a morte os separe. Mas, coitada da Alice, ela, como todos os outros pães-de-ló cobertos de camadas do mais esvoaçante *chantilly*, não sabe que as mortes são muitas. A cruel morte do amor, por exemplo.

Ela sobe o primeiro degrau. Não é ainda o do altar, não. Até lá há uma escadaria maior do que a da Pirâmide do Sol. É a primeira volta do primeiro parafuso, utiliza apenas alguns dedinhos. E caneta e papel para, com a devida antecipação, anotar todo o planejamento. Que maravilha, gente com mais prática já bolou tudo o que se deve fazer em cada etapa: "É bom começar seis meses antes". Seis meses! "Nossa, e como

faço agora, pra mim só faltam cinco!" Por sorte, alguém logo se prontifica:
— Ora, Alice, não fica aflita. Vem cá, eu te ajudo. Concentramos tudo que é dos dois primeiros meses e, daqui pra frente, fazemos o restante como manda o figurino.
É. A verdade é que nunca deu tempo sequer para ler todas aquelas listas. Alice dedicou-se ao essencial: lista de convidados, lista de roupas, lista de enxoval, lista de presentes desejados, lista de lojas de presentes, lista de presentes ganhos, lista de trocas de presentes, lista de presentes faltantes, lista de roupas da noite (um cachecol não basta?) e do dia, lista de roupas dos demais dias, lista de convidados, lista de lojas de vestidos de noiva, lista de costureiros, lista de cabeleireiros (essa não precisa, já tenho o meu), lista de convidados, lista de salões, salas, *buffets*, lista de convidados, lista de prestações de serviços — choferes, manobristas bilíngües(!), músicos, orquestras, malabaristas, flores, melões e arranjos, lista de convidados, de cantores, de organistas, aluguel de fraques com cravo na lapela, de lonas, de bancos e de cadeiras, de mesas, de toalhas, de talheres e de baixelas também, lista de fazedores de listas —, ali estava uma mulher moída. Confira. Faltou alguma coisa nesta lista? Não tem problema, consulte a nova lista.

A alucinação agia como um bom lubrificante: "Eu enfrento!", e Alice atravessou o umbral da devoradora máquina, para se transformar num *carpaccio*. Foi ficando fininha, e as gordurinhas, buscando uma saída, foram se concentrando naquela face que já tivera a textura de um pêssego. Agora, estava aberto o caminho para uma rutilante acne. Aquela, famosa, que dizem que dá antes do casamento. Foi daí que nasceu a expressão "depois de casar, sara".

O desafio torna-se cada vez maior e fascinante. Não se pode dizer que a coisa vicia mais do que roleta, mas o jogo das opções é, como nesta, entre o vermelho e o negro. Servir carne ou peixe? Vestido curto ou comprido? Com cauda ou sem cauda? Casa à tarde ou de manhã, coluna três casa à noite. Convida este ou aquele, ou aquele, ou aquele? Ou não convida nenhum?

Os olhos de Alice, ainda luminosos, já começam a ficar um pouco grandes, esbugalhados de espanto. Pra que lado vou. Ora, que dúvida. A maior e mais importante característica dessa máquina é o poderoso ímã arquetípico. Chupa, atrai, suga, devora. Não olhe para trás que você vira sal. Venha, venha, que pelo jeito aqui tem também dois caminhos: conservador ou moderno? Pisca, come a unha e a opção já nasceu feita: feminino. Daí para a frente, o mundo é dela.

— Renda, eu quero renda.

— Mas, renda, menina? A mulher hoje é prática, não se usam mais esses detalhes tão... estilo l860... — Não há argumento possível. A resposta é incisiva:

— Renda, véu, grinalda, tule, muito tule e cauda. E bordado.

As pessoas se perguntam de onde será que ela tirou essas idéias reacionárias. É quando todos se unem, a mãe de Alice, a costureira, a cunhada, a amiga e até o noivo, para lhe mostrar os figurinos mais modernos, veja, são noivas também, o vestido pode até ser amarelo (detesto amarelo), a saia é bem mais curta (parece maria-mijona), no cabelo só leva uma rosa (hum...), não tem grinalda nem véu (que horror, está nua!!).

Amém. Ganhou. A partir daí, acionaram-se, na máquina, as esteiras rolantes. Não aquelas dos grandes aeroportos internacionais — você pisa ali e a máquina te leva rápido ao teu destino. Não. As esteiras da máquina-casamento correm ao contrário, você tem de passar voando, pois o tempo devora. Botou o pé no chão e o recuo torna-se inevitável. Isso mesmo, não pode parar para pensar.

E o que Alice não pensou foi na máfia. Qual máfia? Ora, a do casamento. A poderosa indústria que se alimenta da tenra carne da noiva, dos músculos curtidos do pai da noiva, dos nervos elétricos da mãe da noiva. É o caça-níqueis/caça-dólares aperfeiçoado, que se baseia no encosto: é a chamada compressão contra a parede.

Joga-se assim: o desafio é o jogador chegar incólume à data marcada para o casamento, não valem adiamentos. O trunfo da máquina é a data, sonho-pesadelo da noiva. A máfia constituída atua na razão inversa do tempo — quanto mais perto, mais caro. A resposta universal é:

— Mas, meu bem, só agora que você está tratando disto? Que tarde, deveria ter vindo antes...

Como Alice tinha o *Manual do Jogador*, na lista número 123 (ah, ah, nessa ninguém me pega!), foi tratar do vestido de noiva antes, muito antes do programado. Costureiras não faltam, todo mundo conhece uma. Mas... costureira é fogo. Conhece?

— "Ah, meu bem, não vai dar pra provar hoje. Sabe, faltaram duas ajudantes. Volta quarta-feira."

— "Ah, meu bem, morreu a mãe da bordadeira, atrasou tudo. Não, deixa que eu te telefono. Sem falta."

Nada disso! O bom senso manda comprar o vestido pronto, com a vantagem de que a gente já vê o que está levando, não tem erro. Só leva o que gosta, do jeito que gosta. Nem que leve na marra.

A loja é linda, tem lustres de cristal e teto rebaixado com imensos drapês de cetim. O nome é lindo, Exploration, mas você jura que leu Explosion, que moderno! Dá até medo de entrar. A sorte, porém, está lançada, olha a data, eu, hã, queria ver um vestido de noiva, o sorriso é aquele do medo tímido. A resposta é a do sorriso javali, bem-vinda, patinha, só atendemos com hora marcada, só tem hora daqui a três semanas, a tática do difícil funciona e funcionará sempre, amém.

Alice sai de lá, furiosa, jura que vai é se mandar para a Rua João Caetano, ora essa. Mas, três semanas depois, volta. Volta, gosta e quer vinte e quatro horas para pensar.

— Não, queridinha, você resolve já, não reservamos. E se vier uma cliente que queira este vestido, terei de vender. Recebo oito noivas hoje...

Pânico. A esteira corre veloz. Alice sente que não tem mais pés, só não sabe que os pés estão lá, a vertigem é na cabeça. O martelinho que era incipiente — plim, plim, plim, plim — transformou-se numa marreta, que desabou possante sobre os delicados *filets* de *carpaccio,* Mãe do Céu, só tenho dois meses, dois meses, dois meses, Pai do Céu, esperei quase um mês pra ser atendida nesta merda desta loja, não, merda não que o vestido é muito lindo, é caro, é caro mas é o mais lindo, está muito comprido, comprido mas é lindo, é caro, é, é caro mas é um sonho, é lindo, não vou comer doce um mês, não viajo, não compro bolsa nem sapato, estou vendo uma nuvem, o tempo, não tenho tempo, teeempoo, corre, Alice, e se ela vender o meu vestido, o meu vestido de noiva, ame-o ou deixe-o.

— Amo!! Amo!!

— Como é?

— É. Hã, hã. É, acho que vou levar.

A esteira parou de correr, o coração parou de bater, as nuvens se adensaram em forma de querubins e serafins e um coro celestial começou a entoar os mais sublimes cânticos. Louvado seja Deus. O tombo foi violento. A brusca decisão projetou Alice aos trambolhões, ela só não sabia se em direção ao céu ou ao inferno. Estendeu as mãos para buscar apoio, começou a tatear em busca de uma superfície sólida e sentiu algo macio, fofo, gostoso. Olhou para o lado e, através da agora rala névoa, divisou o veludo. O veludo da poltrona onde estava sentada. Fundo suspiro. Cruzou as pernas, ajeitou o

Hambúrgueres & Carpaccios

cacho rebelde de sua linda cabeleira e, agora mantendo o sorriso do "comigo ninguém pode", perguntou:
— Quando fica pronto?
Coitada.
— Pronto já está, minha querida.
É mesmo! Pronto, que palavra linda. Precisa só cortar um pedacinho da cauda, ajustar um nadinha aqui do lado... É mesmo. Pronto.
— Estou impressionada, queridinha, nem que eu tivesse adivinhado. Vejam só, parece até que cortei esse vestido para o teu corpinho, está perfeito em você.
Um coro de vozes juntou-se ao da estilista: é mesmo, é mesmo, é mesmo.
É mesmo, pensou Alice. Perfeito. E está pronto!
O pagamento não se facilita, mas dois cheques resolvem: um para já, outro para daqui a trinta dias. E aí já leva o vestido. Correto, avaliou Alice, ela fica com a garantia de que pago, eu tenho a segurança da entrega.
Seguiram-se dias e noites de enlevo e de alívio, tanto quanto possível. A máfia metralhava de todo lado. Queridinha daqui, benzinho dali, um espanto enorme em constatar que as lojas de presentes não só sabiam do seu casamento, como lhe telefonavam para fazer lista com elas, como se comunicavam entre si para saber se "ela já fez lista aí?", como — espanto total — depois do casamento "trocamos qualquer presente", com uma pequena taxa de dez por cento do valor da mercadoria e ao preço do dia. Observou, ainda, um detalhe curioso: a mercadoria não tem preço declarado, é tudo marcado com códigos de XXX5Tgh, SDPL, 9909&##. Quanto vale? Quanto cobram? Na troca, quanto vão cobrar??

A perspectiva gostosa de ganhar presentes se transforma numa alucinação megalomaníaca. Alice entra na loja, vai apontando o dedinho, quero este, quero aquele, quero quero.

Ela nem suspeita que pouca gente compra o escolhido porque é sempre caro, cada um manda o que quer e o que pode e depois, claro está, lá irá Alice trocar seis bandejas por uma chaleira, catorze cinzeiros por um liquidificador, nove jogos de *fondue* por um jogo completo de latas de mantimentos. Mas o vestido está pronto.

No vigésimo quinto dia, toca o telefone. Grande novidade, o telefone não parou um minuto.

— Queridinha, aqui é da Exploration. Olha, meu amor, você não acha melhor vir buscar o vestido depois da Semana Santa? Sabe o que é? Tem o Baile de Aleluia... Não, na segunda não, acho melhor você vir na sexta.

Alice começou a ficar intrigada quando, de quinta para terça, de segunda para quarta, de quarta para a outra quarta, ou lhe colocam um alfinetinho no vestido ou lhe informam que o vestido está na loja do Rio, que o trabalho fino são as costureiras de lá que fazem.

Seu cheque fora descontado na data prevista — como pudera cometer um lapso desse tamanho? Tudo pago, tudo! Nenhuma garantia... Seu pesadelo mais freqüente, dormindo ou não, era de que chegava ao altar nua. E, como seu corpo não tinha envoltório, as carnes se desmanchavam e eram servidas como antepasto para os convidados.

Passou a véspera do casamento em pé, na poltrona de veludo, berrando daqui não saio, eu quero o meu vestido! Que levou comprido mesmo.

Caminhava agora com os dois pés... no chão firme. Sólida. Impávida. Rainha. No altar, dizendo "sim", resplandecendo beleza e felicidade, exemplar, Alice deixava a sua gota de perfume lubrificante para a mais sublime máquina de moer carne que já foi inventada.

3
Ana Xadrez

Quem não ama Angra dos Reis?

Movimentou a torre. Ana dispunha ainda do recurso do roque. Salva pelo gongo, trunfo guardado com inteligência. Eufórica, abriu os olhos. Muito, muito espantada. Nunca jogara xadrez, nunca pegara uma daquelas figuras na mão, mas que sabor concreto, real e pleno de uma jogada decisiva! Olhou para o lado, Artur dormia. Fechou os olhos, quero continuar sentindo. Aquela vitória, mais, aquela potência, tudo tão forte, que coisa mais gostosa! Nada. Acabou. Um último e tênue fio foi se esvaindo com a vontade crescente de ir ao banheiro. Foi, meio que sonâmbula. Não, o sonho não tinha acabado, a sensação feliz ainda persistia no seu peito. Um grande e sorridente xixi.

Na hora do café, Artur a percebeu mudada. Por trás da xícara, ficou olhando a cara da mulher — hoje ela está contente, não acredito. Recapitulou o ontem e o hoje, não via nada que justificasse os novos ares. Arriscou uma palavra:

— Hã... Ana! — A mulher levantou o queixo e grunhiu. Melhor ficar quieto, pensou, mas a frase já saía. — Está doce essa laranja, hoje. É da feira?

— Não. É da farmácia. — Puxa vida, se pudesse engolir o fel, por que falara desse jeito? — Claro que veio da feira. — Pior a emenda. Ao seu tom só faltava acrescentar "burro!" Quase chorou.

Artur levantou-se, bem já vou. Maneirou, melhor não provocar.

— Tchau, bem.
— Bem é a avó!

De novo ele recapitulou... e agora, o que está acontecendo? Nada que justificasse a fera. Nada mesmo. Ontem chegara mais tarde em casa, nessa época de férias é assim mesmo, tem muito trabalho — e mais grana, caramba — comera a janta requentada quietinho vendo a TV, Ana absolutamente entretida com o filme, fora dormir tranqüilo e em silêncio, não sem antes deixar sobre a mesa um dinheirinho extra. Quer marido melhor? E hoje ainda elogiara a laranja, seu! Não abro mais a boca!

— O que foi, Ana? Está azeda por quê?
— Nada, não.
— Então tá bom, tchau, bem. — Pegou o quepe e olhou para ela.
— O último a chegar e o primeiro a sair. E pára de me chamar de bem. Bem pra cá, bem pra lá, quem vê pensa que. Não abre a boca, é um pinguinho aqui, outro ali, a economia é a base da porcaria.

Artur não entendeu nada, mas não resistiu ao desejo de se defender:

— Olha aqui, você tá cansada de saber, agora é férias, se eu não faturar algum, depois o ano todo é aquela merda.
— E alguém aqui tá falando de dinheiro, por acaso? Quando falo de dinheiro, você fala de chuva, se a gente quer carinho aí você fala de trabalho, quero conversar, aí você fecha a boca, quero dormir, você faz barulho, quando as crianças...

— Não mete as crianças no meio e cala a boca. — Artur apertou os punhos e jurou que quem iria calar a boca era ele, e já. Aliás, o que faço aqui, é melhor ir embora, já.

— Tá vendo?, e por cima ainda é estúpido. Você vem com grossura e depois vai embora, não vê que estou conversando com você?

— Conversando? — Artur sentiu que não queria, por que raios continuava falando? — Ana, eu vou trabalhar. Quando eu voltar, a gente... a gente fala, tá?

— Você é que sabe. Eu não lembro da vez que a gente falou duas palavras de noite. Tá sempre morto de cansado, fica duro aí na frente da televisão, nem olha pra minha cara, se passei um pó-de-arroz, se penteei o cabelo, se fiz uma comida gostosa, pra você é tudo igual, eu posso me matar, eu bem que quero saber o que que te interessa na vida, e esse tipo de gente aí, teus colegas, vai ver você tem...

— Ana, pára de ofender o meu trabalho! Coisa de louco, seu! Eu sou um defensor da lei, ando com gente da melhor categoria, você tá cansada de saber. E eu não vou...

— Sei e não me interessa. Bela porcaria mesmo, vocês fazem é umas coisas nojentas, qualquer dia eu vou lá na delegacia e denuncio tudo pro delegado, é tudo imoral, só ficam é repetindo as coisas da lei como papagaio... — suspirou para tomar fôlego e prosseguiu — o artigo 120, o artigo 130, mas quando tá na hora das coisas que...

Artur sentou-se, olhava fixamente para um ponto além da triste figura e já estava absorto imaginando quem seriam seus companheiros de ronda naquele dia. Orra, deixa falar essa matraca, meu Deus, como é que alguém pode ter tanto assunto, ele era incapaz, não tem tanta coisa pra se falar. Daqui a pouco ela começa a gritar, não sei por que grita tanto, já falei pra ela, é o Miguel, se for o Miguel comigo na ronda de hoje, estamos fodidos, aí não vai ter nenhuma grana extra. Deviam era transferir esse panaca.

De vez em quando, uma ou outra palavra lhe entrava pelo ouvido, contra a sua vontade. "Isso é vida?"... "abandonada"... — sem resposta, conhecia de cor. Mulher é bicho que não dá pra entender. De repente, sua cadeira começou a balançar, sentiu um terremoto. Instintivamente, apoiou-se na mesa.

— Covarde, nem assim você tem coragem de olhar pra minha cara?

— O que foi, Ana? — Só então percebeu que a mulher o chacoalhava. — Ei, me solta, tá louca?

Ana não se fez de rogada:

— Ah, tava demorando. Todo dia você me chama de louca. Louco é você, que não escuta. Bandido é o que você é!

Ela continuava, nem se dava conta de que podia provocar um tiro na cara — grande merda o teu dinheiro, é dinheiro sujo e não dá pra nada.

Artur já de pé, alisou os cabelos enquanto vestia o quepe, deliciava-se agora com a imagem que guardara dos filhos, belos meninos, tão contentes no domingo indo à praia com ele, tudo de *short* novo, umas havaianas legal no pé, uma prancha para cada um. É fogo!

— Vou trabalhar. — Parou à janela e, olhando para um horizonte indefinido, recapitulou como seria seu dia. Muita imaginação ele não tinha e não precisava. A vida ali era uma pasmaceira única, raramente aparecia algum meliante novo. O movimento bom mesmo era agora nas férias. Zeca Macho preparava, um perito ele, os baseados. Ah, ah, sorriu. Grande, grande negócio. Pegar os trouxas, aquela moçada era tudo uns cagão, morria de medo e caía que nem patinho. Sentia-se um justiceiro. Moleque com automóvel novo, com rádio, aquelas *big* antenas, impossível imaginar como tinha pai que conseguia ganhar tanto dinheiro assim. Ali da estrada via sempre uma coleção de guarda-sóis coloridos — "Você só pensa em mulher" — soou um desafinado às suas preocupações, nem ligou mas lembrou. Que tinha mulher boa por lá tinha mesmo. Aquelas lindezas, tão peladas, mostrando a bunda, os peitos, deixou um arrepio correr pelo corpo, ah, elas não reclamam desse jeito.

— Ana, vai pro fogão e pára de encher o saco, vai.

Bonzinho ele. Não gritava, não respondia, nada. Artur lembrou-se de que fazia tempo que não aparecia lá na dona Vanda. Ao pensar que vai ver estava ficando velho, livrou-se da idéia boba com um sorriso que se expandiu quando se imaginou dando voz de prisão ao moleque irresponsável que "tinha" cigarros de maconha no carro. E inconscientemente repetiu o gesto de enfiar a mão no bolso da camisa, guardando ali a grana que recebia para "deixar passar". Piscando forte os olhos, riu de prazer.

Parou na soleira da porta, disse tchau.

— Aahh, cachorro! Tá rindo de mim, é? Mas eu vou embora mesmo, viu? Você vai ver, qualquer dia...

A essa altura, Artur pressionava o botão do elevador. Ana, lá na porta, falava. Não se lembrava mais da sensação do sonho daquela manhã. Ter sido capaz de fazer alguma coisa certa e corajosa. Como que saindo de um pesadelo, agora se preocupava se iria cozinhar feijão-preto ou usar o roxinho que sobrara de ontem. Assoou o nariz. E, correndo pelo longo corredor, conseguiu segurar a porta do elevador.

— Olha, Artur, não esquenta, não. Se o Miguel vier hoje, aí você já se livra dele pro resto da semana.

4
Contar nos Dedos

A Nona de Beethoven...
a Décima de Mahler...
o Moto-Perpétuo...

— Que ódio, agora vou dar de acordar toda madrugada, é? Assim não dá. Assim não dá.

Ajeitou o travesseiro, espremeu os olhos e desejou dormir. Inútil. Já estava pensando e quem pensa não dorme. Encolheu-se, afastou-se, cobriu-se. Alice queria mesmo era esticar a perna e, com um impulso bem dosado, empurrar, para fora da cama, aquele homem que roncava tão tranqüila e injustamente a seu lado. Um sorriso apareceu na sua face marcada, ao imaginar como seria a reação:

— Mas o que é isso, será que tive um pesadelo?

E Alice ria gostoso, ao pensar na cara de espanto daquele homem já meio flácido, meio barrigudo, levantando-se do chão sem entender muito bem o que havia acontecido. Ou então, ele poderia perceber logo:

— Ei, tá pensando o quê? Endoidou de vez, é? Sua bruxa, você me paga.

— Bruxa? Você é que está caindo de maduro!

Não, esta não seria uma resposta adequada. Imaginou-se correndo, solícita e perguntando:

— Meu bem, mas o que aconteceu? Você teve uma câimbra? Como foi isso?

Não, não seria honesto. Melhor se dissesse... Ora, para que dizer alguma coisa? Não, o silêncio era a melhor resposta. Isso, se tivesse tido a coragem. Não seria nem um ato de vingança, apenas um protesto.

Protesto contra esse homem, agora decadente, mas sempre arrogante. Contra a opressão que a havia minado mais do que qualquer silenciosa maresia. Alice lembrou-se do tempo em que era fogosa, até se imaginava uma onda do mar. Levantava-se, rugia, gritava e acabava como que desmaiando de alívio. Hoje, não dizia mais nada. Não protestava, nem baixinho falava. A longa convivência com aquele homem fechado, misterioso — não, misterioso não, que o mistério tem seu charme, tem sua procura — escondido, isso mesmo, escondido, fizera dela uma múmia. Agora, rangia os dentes só de lembrar:

— Aonde você foi, meu bem? — já perguntara ela, curiosa.

— Não interessa.

— O que você comprou, meu bem? — já perguntara, solícita.

— Nada.

— Como foi o negócio, meu bem? — já perguntara, interessada.

— Foi bem.

— Você quer ir ao cinema, meu bem? — já perguntara, entusiasmada.

— Não sei.

Essa convivência seca foi, lentamente, criando uma porosidade nos ossos de Alice. Apesar disso, há anos que vinha resistindo. Outra vez, como em quase todas as noites ultimamente, relembrava como tinha sido o seu percurso para ser — não a mulher perfeita, ela sempre dizia —, mas pelo menos uma mulher que tivesse, no casamento, uma convivência em clima de afeto recíproco. Acreditava em companheirismo, em amizade, em consideração pelo outro e se achava uma pessoa esforçada. Pelas suas contas, de tudo fizera para... — não gostava de pensar na sua vida assim, que tudo fizera para agradar — mas é isso mesmo, chegou à conclusão, tanto dei e tão pouco recebi.

Recordou as noites quentes, o dedo número um da sua contabilidade. Espalhou a imaginária cabeleira pelo travesseiro, voltou a sentir a sedosa *lingerie*, o perfume, a pele fresca. No começo, era o amor ingênuo. Depois, modernizou. Botou uma luz vermelha no quarto, tinha peninha para cócegas, camisinhas inglesas — puxa, nunca mais viajei —, fazia *do-in, do-out*. E não que ele não gostasse. Mas durante o dia... ele me olhava como se eu fosse o poste ali da esquina.

Suspirando, recordou-se de duas fases de vida que achara importantes: numa, tratou de tornar-se culta. Lera de tudo, medicina, psicologia, história, até pedagogia que ela mesma achava perda de tempo e se tornou bem-informada. Para ouvi-lo reclamar que "parece professora" e que "ninguém ensina nada para ninguém". E noutra fase — ai que saudade — tinha sido bem elegante, é gostoso ter amor-próprio, dizia. Roupas lindas, brincos, colar, adorava sapatos bonitos. Para ouvir dele — desse aí — que "não sabe fazer economia, é uma gastadeira".

Sentiu frio. Foi buscar mais um cobertor. Não achou. Confortou-se, porém, no calor do seu coração de mãe, algum filho está usando, está quentinho. Com cuidado, arrancou a ponta do lado de lá do cobertor de casal, tornou dupla a sua coberta e riu de satisfação. Mãe boa estava aí. Essa não foi nem fase de vida, foi vida. Aprendeu muito sobre educação dos filhos. Carinhosa e aberta com os meninos, e ele: "Você é muito liberal, relaxada, deixa eles fazer tudo que querem, está estragando *meus* filhos".

    Coçando o joelho que, a esta altura, já estava junto do queixo, Alice pensou na fase de vida número... conferiu na mão, número cinco. Um desafio para a felicidade no casamento, mas para outras. Ela era e sempre tinha sido — assim que puder vou comprar dois cobertores — uma boa dona de casa. Gostava de tudo limpinho, harmonioso, obsessiva até com comida saudável e alimentação equilibrada. Verdade seja dita, ninguém na família gostava de arroz integral, de cevada, nem de cozidos (não tem uma pimentinha, pô!). Mas a ordem existia na sua casa, ela construíra um verdadeiro lar e lá vivia ele dizendo: "Hoje, toda mulher trabalha fora, ajuda no orçamento".

    Meia dúzia. Já estava no dedo número seis. Cada dedo, uma tentativa, e ela não conseguia deixar de ver créditos a seu favor. Ninguém nasce feito, o processo de vida é justamente passar por tudo, viver tudo, não foi assim com Ulisses? Claro, ele era homem, até o canto das sereias enfrentou. Aqui, a sereia sou eu...

    Alice ouviu um ruído, fechou os olhos no escuro, prestou atenção, ali estava uma grande imagem branca. "Aqui a sereia sou eu", ouviu um eco. Sorriu. Levantou-se e começou a andar, pra lá, pra cá. Isso mesmo, sou eu a sereia aqui. Qualquer canção serve, desde que atraia. Bem-querença. Amor. Ser reconhecida. Apenas conhecida. Quente a lágrima que rolou pelo nariz. Fungou. Baixinho, que a sua cabeça recapturava, célere, as imagens do dedo número seis. Seis, seis, isso mesmo, as atenções. Os carinhos com a pessoa Miguel, com o homem de quem cuidava. Abriu a porta do armário e, no escuro, apontava com o dedo, o dedo número seis:

Contar nos Dedos

— Até o aparelho de barbear fui eu quem comprou. As camisas, gravatas, cuecas, ternos, pijamas, tudo. Os sapatos é que davam trabalho, está apertado, troca, não gosto desse tom, quero mais escuro, não gosto de fivela, troca, que mania de friso — entendeu?

O ronco ali na cama era insistente, rrom-rrom, rra-rrom, shshbum.

— Fiz e está bem feito. Não me arrependo de nada.

Sentou-se no chão e lembrou do dia em que sua charada parecia decifrada: "Meu bem, estou com tanta dor aqui no ombro!" Andava exausta e tensa com o muito fazer e nada produzir. Levava, trazia, buscava, arrumava, cuidava e não entendia. Amava, claro que sim, e de onde a sensação de inutilidade? Até que seu corpo começou a ratear. O cerco apertou com a expansão da incipiente dor reumática:

— Meu bem, estou com tanta dor aqui no ombro! Aqui na perna. Aqui no joelho. Nos dedos.

No começo, ele até que se comoveu, sabe lá se porque artrite faz pensar em dor de verdade, até duas massagens ela ganhou. Ou foram três? Alice chegou a pensar que todos os manuais estavam enganados, que o caminho para o coração do homem não era nem o estômago, nem o coração, nem as pernas, nem o intelecto, nem o sexo, nem nada. Era a doença. Claro! Como não tinha pensado nisso antes? Eu sempre fui tão forte, não é por aí, ele tem necessidade de se sentir útil, de proteger. Ah, que crises felizes!

— Ali, meu anjo. Meu remédio está ali na cômoda. Pega pra mim? Ai. Se pelo menos eu conseguisse me mexer...

Bonzinho, ele lhe trazia o copo de água com duas cápsulas coloridas e dizia doces palavras:

—Você vai viver até noventa anos, pois quem tem reumatismo vive muito...

Estranha lua-de-mel! Mas lua-de-mel.

Durou pouco. Mulher choramingas enche o saco. Pela falência do sistema, fecharam-se as portas do... do que mesmo?, ah, da fase oitava na mão.

Conta, reconta, Alice havia aprendido que a ordem obsessiva não é criativa. Tinha clara a noção de que só remoer não levava a nada, então, "o salto", ela se dizia, "preciso saltar para a liberdade". E, com prazer, engolia um dedo e guardava em segredo de si mesma um pedaço, uma fase, um dia uma, outro dia outra, "vai que a minha vida gruda em mim," e assim construía um jogo que não deixava de ter suas infinitas variações. A sereia esquecida em alguma gaveta, Alice voltou para a cama.

No piano dos dedos, montou o nove. Vou andar, não, já andei, vou dormir, não consigo, puxa, tá calor, vou buscar um refresco, tudo a afligia quando chegava no nove. Alguma coisa está errada, ela começava sempre, mas o quê?

Fazia um tempo, chegara à conclusão de que estivera dando muito de si mesma. "Tem homem que, quando quer ofender uma mulher, mexer-lhe até na ferida, diz que ela gosta de dar." Tinha lido isso em algum lugar e nunca mais teve paz.

Alice inspirou fundo e imaginou o quanto ele gostava de receber. Mas será que recebe mesmo? Se nem vê que eu existo...

Ela se reconhecia em permanente atenção. Percebia que fora aumentando suas capacidades e que, cada vez, acrescentava algo mais. Se épocas houve em que ser mãe havia monopolizado o total de si mesma, ao perceber que tinha ido muito longe, Alice se dava uma pausa, avaliava os buracos negros nas outras áreas de sua existência e se abria, para deixar entrar e ser, dentro dela, as suas outras possibilidades de mulher.

Se dispusera dessa capacidade de mudança, de acréscimo, de reconhecimento e se sentia muito melhor hoje como pessoa, então o que, raios, permanecera imutável? Por que a rocha não amolecera?

"Você é uma mulher bem-sucedida", já lhe haviam dito. Idiotas, não sabem reconhecer a alma de uma mulher. Bem-sucedida em quê? Não plantei nenhuma árvore, só vasinhos; filhos tive, mas não são meus, são do mundo; e meu livro já foi escrito por tanta gente, tanta!

Alice teve vontade de cuspir ao se dar conta de que esta era mais uma crise babaca. Precisava alargar-se, expandir-se. À sua volta, tudo era escuro. Foi-se virando na cama, abrindo os braços, as pernas, o peito, silenciosa, para não acordar "ele". Dobrou a perna, preparou o golpe, sustou. Esticou-se, respirou, um pouco menos oprimida, o suficiente para retomar o seu cineminha particular, ali, naquele mesmo ponto em que sentia mais raiva, mais remorso, um dos grandes arrependimentos cíclicos de sua vida: a constatação, de diferentes maneiras e em todas as épocas reiterada, de que havia sido uma doadora universal.

Havia sido. Hoje não era mais. Para se fazer diferente, tratou de agir como espelho do marido. Tornou-se silenciosa, arrogante, não dava bola. Fazia-o como atitude estudada, contrariando sua índole. E talvez por isso mesmo o processo não funcionou.

— Quer mais um pouco de picadinho, meu amor? — Puxa, chamei ele de amor. Escapou. Mas, como ele respondia que sim, tudo ficava bem.

Já fazia tempo, no entanto, catorze meses e dezessete dias que, depois de muito ensaio, conseguira adotar definitivamente a postura de que o sangue dela ninguém chupa com canudinho. Será que por ter finalmente adquirido uma outra personalidade? "Não sei" e "talvez" passaram a ser as suas respostas mais freqüentes às não tão freqüentes perguntas. Ela não falou, não explodiu, não criticou. Mas doía.

A redescoberta de que, durante anos, estivera construindo uma ponte sobre o abismo e de que não conseguira solidificar um gancho do lado de lá era sempre terrível. E, pensando bem... com gancho, sem gancho, Miguel ficara porque devia ter suas razões. Quais?

A revelação se deu naquela segunda-feira de março do ano passado e, desde então, Alice se perguntava se algo havia mudado:

— Meu bem, cadê o teu pulôver cinza?
— Cinza? Que cinza?
— Aquele, que a tua mãe te deu no teu aniversário. Lembra, você o usou pra ir ao cinema na sexta-feira. Hoje fui procurar pra tirar aquela mancha e não achei na gaveta.
— Não, senhora, não tenho nenhum pulôver cinza. Você está delirando, por acaso?
— Mas claro que tem, aquele, com um furinho de traça no ombro direito... E você até reclamou que eu não guardava no saco plástico, lembra?

Tem, não tem, Miguel foi definitivo:
— Alice, você está louca!

Em outros tempos, ela diria que ele não estava bom da memória. Mas, naquele instante, uma luz se acendeu e ela passou a compreender. Claro, como não vira isso antes? Ela tinha sido eleita a louca. A Rainha Má. Era a depositária de todas as falhas, o patinho feio, a ovelha negra, o saco de pancadas. Ela era o negrume da alma dele. O menino foi mal na prova, como você deixou? Gordo, comia chocolate e exigia que ela fizesse regime. O mundo oprimia, era ela a tirana.

Alice continuou alisando o travesseiro, maciamente — reprodução do contato que gostaria de sentir na própria pele —, e desejou, mais uma vez desde março, que esse homem quisesse desvencilhar-se dela. Mas nunca, pensou, ele precisa de mim, alguém tem de ser o copo para a água suja dele.

Sentiu-se sábia, acabaram-se os dedos. Olhou no relógio, encolheu a perna... quase lascou o empurrão mais saboroso. Pobre homem, tão cego. Levantou-se e foi ao banheiro.

Cedo ainda.

5
Morangos com Chantilly

> *O rio Amazonas é tão largo. E nos igarapés as teias de aranha se enroscam na tua cara.*

— Alô.
— Marília?
— Quem é?
— Sou eu, não lembra mais?
— Nossa! Júlia! Como vai?
— Não é Júlia, é Alícia.
Tive menos de um segundo para me recompor:
— Claro, Alícia, acho que não reconheci a voz.
— Conversa, você sempre me chama de Júlia.
Natural, muito natural, os Roberto chamo de Ricardo, Cristina é Cecília, João é José, Márcia é Carmen, porque Alícia é Júlia, não sei.
— Tem razão, desculpe, sabe que agora dei de chamar a Sheila de Sandra? Velhice, sabe como é...
Alícia riu. Ri junto. Dei a receita pedida de suflê de abobrinha e parti para o ataque:
— Vamos almoçar na quinta-feira? Só nós duas, vamos? Sabe há quanto tempo a gente não se vê?

— É por isso que você esqueceu o meu nome?
Resolvi enfrentar. Certamente que não era pelo tempo decorrido, mas também porque eu sabia mais ou menos das coisas:
— É, sim, Alícia, nem sei mais como é a tua cara.
Não naquela quinta, mas, na seguinte, encontramo-nos. Eu já tinha comido um punhado de cenouras, pimentões, rabanetes, achando que havia levado um fora monumental, quando uma senhora pálida e enrugada aproximou-se de minha mesa. O cabelo loiro era desbotado, ela vestia uma roupa bonita — um pulôver que tinha uns brilhos, um casaco bem-talhado e a bolsa que colocou sobre a mesa era um sonho de napa. Olhei para aquela velha, já ia dizer "está ocupado".
— Não!
— Assustada?
— Quem... eu? Ora, Alícia, eu estava distraída.
— Eu sou Júlia, com certeza.
Dei-lhe um grande abraço, achei ótimo que estivesse mostrando algum senso de humor, rimos, e caí sentada. Engoli mais duas cenouras até me recompor, não conseguia acreditar nos meus próprios olhos: a mulher mais linda que eu já conhecera, aura de anjo, cara de boneca, menina ainda hoje, estava que era um frangalho.
Que estaria acontecendo? Tentei ir direto ao ponto:
— Minha querida... hã... o que é que... o que você vai pedir?
Comemos em silêncio. Comer é modo de dizer, aquela parecia um passarinho, a custo bicando um grão aqui e ali. Eu, com a garganta fechada, sentindo os pés gelados e a cara em fogo.
Voltaram à minha mente as imagens que tantas vezes tinham sido a expressão de um vivo conto de fadas. Uma noiva deslumbrante, descendo de uma carruagem de verdade,

Morangos com Chantilly

puxada por quatro, nada menos que quatro, cavalos brancos. Damas de honra — um séquito inteiro. O ar estava perfumado, os salões do castelo decorados com flores que eu nunca tinha visto, mas eu nem via a decoração, via o castelo. Claro, imagina brasileiro comparecendo a um casamento no castelo de verão, no sul da França, de uma família ainda não decadente. Tudo era especial, mas demais. Faisões e javalis, revoada de pombos — cafona, mas revoada — fontes de água luminosa, cantores, orquestras, vivi um sonho que só no cinema. Como diria um cronista social, "brindamos ao casal de noivos que apaixonou todo mundo. Jovens, puros, alvíssimos, lindos". Cheios da grana. Francesa meio tímida, Alícia estava no terceiro ano da faculdade de medicina, um gênio, comentavam. Ele, brasileiro, costumava curtir um iate ali na Riviera. Acho que deixei escapar um sorriso com as minhas lembranças, Alícia me despertou:

— Rindo sozinha?

— Pois é, eu me lembrava do seu casamento e de como foi que nos conhecemos.

— Não me venha com o seu complexo de penetra outra vez, hem? Amigos do Jonas são meus amigos, especialmente você.

— Não, Alícia, bobagem, — e ataquei de vez —, hoje estou é com complexo de culpa.

Ela me olhou, não disse nada.

— Acho que abandonei você.

Eu me lembrava bem, sofremos juntas quando Alícia chegou à conclusão de que teria de abandonar os estudos de medicina, o curso de lá não valia aqui. Eu tinha dado a maior força para ela recomeçar, com vestibular e tudo, mas o marido se opôs ao que considerava um "retrocesso", além de visivelmente preferir que a mulher ficasse em casa. Nós nos encontrávamos bastante naqueles primeiros tempos, acompanhei de perto a enorme dificuldade de adaptação de Alícia. Rodeados de gente, mas pessoas que não lhe diziam nada. Os indícios eram de que aquele casamento não ia dar certo. Mas, por outro lado, eles se amavam, quem sabe? Acho que me afastei quando vi que brigavam demais. Invariavelmente, o tempo esquentava quando ela dizia que estava no exílio.

— Talvez você tenha me abandonado — respondeu, roendo uma pele de unhas bastante maltratadas. — Mas non te culpo. Nós nos torrnamos pessoas insuporrtáveis... eu e meu marrid.

Não me escapou a escorregadela do sotaque nem a entonação. Embora mal ajustada, Alícia tinha aprendido e dominado a nova língua com facilidade. E agora essa?

— Não me fale assim, meu bem. O Jonas é um cara tão legal. —Eu estava sendo sincera. — Ele sempre gostou muito de você.

— Amor assim não desejo a ninguém.

— Mas, Alícia, ouça, eu... eu devo te dizer uma coisa. Muita gente vive mal no casamento, sei lá, briga, mas eu olho para você e não acredito... você... você está muito abatida. O que está acontecendo?

— Nada de diferente... nada de especial... nada de novo.

— Então, desculpe se... se vou dizer alguma bobagem, mas por que...

Alícia me cortou, tranqüila:

— Então não diga.

Essa era Alícia, mulher de caráter, positiva. E agora, meu Deus — pra que lado vou? Não é fácil conversar com ela...

— E as crianças, tudo bem?

— Estão ótimas. *Ils sont la meilleure chose de ma vie.*

E essa agora? Nós nunca tínhamos conversado em francês! Vou perguntar da medicina, pensei, na verdade nunca tinha me conformado com aquela decisão infeliz, mas, por outro lado, que assunto velho, vai ver já está morto e enterrado, não, então vou falar do nosso assunto mais comum, do único. Isso mesmo, vou lhe dar a receita nova de frango com catupiry, as crianças adoram. Ridículo, só agora me dava conta de que anos haviam transcorrido, que nossos "tudo bem, tudo bem" eram idiotas e que vai ver ela me telefonava pedindo receitas como uma forma de pedir socorro.

— Você sabe que ano que vem me forrmo em medicina?
— Não acredito! Verdade? — Então era isso! Mas aí a minha cabeça já estava a toda, a mulher na minha frente era um bagaço, alguém que está se realizando não pode estar maltratada desse jeito. Acho que ouvi mal. — Espera aí, Alícia, como é?, eu... eu estava distraída.
— E no dia em que me forrmar, me separro de Jonas. Ou melhorr, ele vai me abandonarr e levarr as crrianças. Eu nunca deverria terr vindo parra este país.
— Espera aí, Júlia, foi o Jonas que disse isso?
— Non. Ele non disse.
— Então, quem disse?
— Eu sei. "Júlia", é?

Sem que eu tivesse tempo de me dar conta do repetido lapso, Alícia abriu a bolsa, tirou a carteirinha de maquiagem e começou a passar ruge. Disse:
— Sabe, sinto-me bem na sua companhia.

Mas só Deus sabe como eu me sentia perto daquela velha estranha. A cara dela tinha agora duas bolas vermelhas, será que estava me fazendo de palhaça?
— Fico contente. Eu também me sinto... mas vem cá. Desculpe, é que não estou entendendo, esta...
— Non é coisa de se entenderr. Se eu me forrmarr, non vou me casarr.
— Mas você já se casou, já tem filhos e pode se formar.
— Enton. É isso. Alícia casô, e agorra Júlia vai serr médica.

— Júlia? Que Júlia? Não brinca comigo, Alícia, quer dizer, eu cometi um engano, tá bom, mas você tá gozando da minha cara.

Naquele momento, o olhar de Alícia deixou de ter qualquer vida, ele simplesmente me perpassava e fiquei ali me balançando na frente dela, tentando provocar algum movimento, mas eram duas pedras paradas no espaço, um azul desbotado muito estranho. Falei alguma besteira? Mas já nem me lembrava do que havia dito. Ah, ela rira do meu "Júlia". Será que eu sempre a chamara de Júlia? Gente, que confusão...

— Júlia non brrinca, non brrinca jamais. Alícia sim, Alícia brrincô muito. A carrtomanti me disse, mas eu, eu vi.

Aquele olhar insano continuava fixando sei lá que distâncias. Insano?

— Alícia, vem cá. — Peguei nas mãos dela, puxei-as para mais perto. — Escuta, minha amiga, você não gosta nem um pouquinho de morar aqui no Brasil?

— Eu non mórro no Bresil, eu mórro na Faculdadi di Medicina. Você é muit confus.

— Eu? Ah, sei... Bem, então quer dizer que a cartomante disse que, quando você se formar, o Jonas, em represália, leva os filhos embora, é isso?

— Non. Mais non. Júlia vai viverr eterrnamente na escola, ela vai serr médica lá.

— Ah, entendi. E Alícia?

— Eu? Eu adoro cuidar dos meus filhos. E adoro meu marido. — O sotaque desaparecera assim como viera, e eu começava a ver que tinha me metido numa situação delicada.

— Alícia, minha querida, está tudo bem, ouça, eu te chamei de Júlia foi por confusão minha, está entendendo? Júlia não existe. Alícia, você, vamos comer a sobremesa?

Os olhos de Alícia deram uma reviravolta e se fixaram em mim. Fiquei mais assustada ainda, estavam azul-intenso, tom que eu antes jamais vira. E dali começaram a escorrer lágrimas.

— Oh, Alícia — eu ainda segurava suas mãos —, vai borrar todo o teu ruge. Toma, pega este guardanapo. Por que você está chorando?

Alícia soluçava e me olhava. Eu, que não sei rezar, fiz uma prece a Deus para me iluminar, para que me desse a inteligência de dizer algo que ajudasse.

— Já sei, meu bem — murmurei. — Você quer a Júlia de volta, não quer? Olha, vou te confessar uma coisa do fundo do meu coração: te garanto que a Júlia existe, sim. Você quer ir buscá-la, junto comigo?

O rosto triste sorriu com a boca, mais um trejeito de dor do que uma esperança, mas a cabeça assentia fortemente.

Devoramos os morangos com *chantilly*.

6
Sem Nome

sem dia sem data sem hora sem sangue. O sangue se foi todo nos rituais de sacrifício. Quanto de energia será que se esvai quando a gente acorda e começa a pensar ai meu Deus mais um dia com cozinha com comida com fogão com panela cheia e com espírito vazio. Tem dia que dá para curtir, tem. Hoje não. Prefiro ficar coçando a minha barba. Ora, não se espante, só porque sou mulher não posso ter barba? Amanhã é dia de depilar, cera quente demais, a vontade é de ir ao banheiro, pegar a pinça e arrancar tudo já. Tem uns oito ou dez pelinhos desgraçados — no queixo — prova de que, no meu organismo, tem acontecido uma diminuição dos hormônios. Femininos. Seria bom se, junto com a barba, eu também fosse ficando mais homem. Mais enérgica, mais positiva, mais objetiva — qualidades "masculinas" que já tive no passado, engraçado, em épocas em que era tão feminina quanto se é.

Então, em dispondo de mais qualidades masculinas, eu iria à cozinha e daria ordens: você aí, pega o feijão e põe no fogo, põe também o arroz, as verduras, tempera a carne, nada de óleo ou gordura, prepara a salada, corta umas frutas para a sobremesa, não esquece o café. Não, não, muito prolixo. Eu diria: faz o almoço ponto. Como bom administrador, eu saberia que essa qualidade está na razão direta da capacidade de extrair, do trabalhador, o máximo de trabalho (pelo mínimo de salário). Sei que esse conceito já era, só que ainda é. Mas hoje, dia comum pela comum repetição do evento, não disponho do trabalhador.

É, não tem cozinheira. Tem gente que tem mas, na praça, não tem. Ai, minha Santa Bárbara, onde estão escondidas as boas cozinheiras? Aquelas que amam o que fazem, que adoram a idéia de preparar um pastelzinho fofo porque vão dar felicidade regalada aos que o vão comer? E que, como tal, realizaram o mais harmonioso casamento com o perfeito consumismo: tudo o que fazem é devorado instantaneamente. São horas de elaboração, corta, pica, limpa, tempera, imagine a demora até cozinhar, depois arruma, enfeita e — puft, plift — acabou. Restam pilhas de pratos e panelas sujos. E, depois, o eterno recomeçar, que a janta tem de sair na hora.

Sem sangue.

Espremo uma espinha imaginária. E me detenho. Vejo Marília refestelada num banquinho e me olhando:

— Pior seria se a panela estivesse vazia.

— Oi, Marília! Entra, entra.

— Já estou dentro.

— Nunca viu, cara de pavio? — retornei, como quem pudesse brincar. E arregalei dois dos olhos, espantada, enquanto com o terceiro me perguntava como é que ela sabe da panela? e da comida?

— Não vem que não tem — eu pensei, ela falou.

Caímos as duas na risada. Uma gota de sangue.

7
Alice de Vermelho

> *Para Sílvia Plath, a quem então eu
> não conhecia, em inexplicável e
> assombrada coincidência.*

Acordou, olhou as horas, cedo, abraçou o travesseiro, ligou o rádio, a voz num instante sumiu, droga, acabou a pilha, já ficou irritada. Modo de dizer, irritada Alice estava já fazia tempo, vinte e sete dias exatamente. Vinte e sete dias na vida de uma pessoa não é lá grande coisa, mas multiplique isso por um monte, mas um montão de vezes de idênticas irritações...

Começou a fazer as contas, cinqüenta anos, cada ano tem trezentos e sessenta e cinco dias, vamos arredondar, cinqüenta vezes trezentos e sessenta, já foi se perdendo nos zeros, são dezoito mil ou cento e oitenta mil dias? Acender a luz, pegar lápis e papel e fazer as contas? Mas nem pensar. Se você multiplica trezentos e sessenta por dez, são três mil seiscentos, se cada dez anos tem... vezes cinco, certo, então os cinqüenta anos de vida representam dezoito mil dias. Pouco. Tinha vivido apenas dezoito mil dias. Se agüentasse mais dez anos, puxa vida, seria uma velha de belos e carcomidos sessenta, teria assim enfrentado outros três mil e tantos dias. Engraçado, dez anos é muito e três mil dias não é nada.

Um quente abandono já lhe prometia o sono desejado. Puxou o cobertor mais um pouco sobre os ombros, enfiou o nariz no travesseiro — sentiu o gostoso de quem mama no seio da mãe. Pôs a mão no ventre, nas coxas, a minha pele ainda é lisa e macia, passou os dedos pelos seios, já foram tão bonitos e o ódio explodiu. Começou a chorar, bom, assim me acalmo. Pronto, só foi aceitar, a crise foi embora. No seu lugar, veio a irritação. A mesma.

Era raiva e furor. A mão antes terna agora se arredondava e unhas fortes arranhavam o corpo, os braços, como conter tão profunda insatisfação? Ela sabia, sim, que a raiva era uma maneira pouco producente de. Quando Ariel fazia análise, ele lhe contou: "Sabe, ter raiva é uma forma de romper vínculos". No começo, não entendeu muito bem — nem ele lhe explicou — que relação tem uma coisa com a outra e afinal que vínculos são esses... Mas a vida acabou lhe ensinando e, um belo dia, ela sacou. Sacou, mas nem sempre conseguia captar no instante em que estava sendo ela a vítima da raiva.

Droga, como é que a gente pode esquecer, lembrar e depois voltar a esquecer? E, esquecendo, sofrer. Que a cara amarrada, quieta, fria até, máscara de tranqüilidade, nada mais era que o... como é que eu chamo mesmo?, apelou à memória, ah, sim, o modelito, chegou até a rir, o sistema que Ariel usa para responder, na vida, a qualquer coisa que lhe desagrade. Encheu o saco, fechou a cara. Coitado, um homem só. Só não, isolado. Anda pela casa quieto, como taturana. Fala baixo, quando fala. Mistério, Alice ruminava, nada disso é compatível com a profissão dele, duvido que seja assim lá fora.

Custou-lhe, pois, aprender a interpretar esse sistema como a expressão de uma raiva surda, o romper com o mundo, a maneira ruim, a mais enganosa, de fingir-se uma fortaleza, intocável... Por que ele não berra nunca? Por que nunca protesta? Por que não fala, não se abre? A cama começava a ficar

insuportável, apertou o travesseiro. Lembrou-se do tempo em que ela, sim, gritara muito. Pois se não era ouvida...
　Ariel esquisito, calado, Alice já se penitenciava: "Meu Deus, o que foi que fiz?" Chegava-se a ele, queria saber, o que há com você, o que aconteceu. Nada. Nada. Sempre nada. O tempo ajudou, ela conseguiu saber que a cara feia não era com ela, nem sempre, eram preocupações outras, a vida, alunos, dinheiro, sei lá. E só muitos mil dias depois é que veio a se perguntar, "então por que raios rompe os vínculos comigo, comigo??"
　Terceiro cigarro, já, em jejum. Ali ao lado, o "estilo inglês", expressão da amiga Marina, dormia, pacato. Alice não se sentia competente para sair da cama. Uma criança bem-comportada cumpre seu castigo até o fim. E ela estava de castigo. Há vinte e sete dias. Quantos iguais a esse já sofri? Impossível calcular ou lembrar. Droga, as coisas não mudam. Não, desta vez não vou ceder, não vou procurar, não vou gritar, não vou. Não vou repetir o *meu* modelito — sorriu. Pois que o castigo durava sempre tanto quanto sua capacidade de agüentar o isolamento e o desespero. Nos anos mais jovens, Alice chorava, chorava e se masturbava. Hoje, não mais.
　Já tentara todos — ah os recursos. Como derrubar a fortaleza? A imagem mais freqüente que fazia de si mesma era a de um selvagem dançando em volta do totem. Ela se esfalfava. Fazia a dança da chuva, a dança do calor, a dança da colheita, a dança do amor, a valsa de Strauss, atirava pedras, fazia oferendas, trazia flores, a língua de fora, exausta, exausta. Não vou conseguir sair dessa cama hoje. O totem lá, roncando, imóvel, com mil caras duras, impenetrável.
　E Alice jurava agora, mais uma vez, que nunca mais faria dança nenhuma. Ela se lembrava bem, ah, se pudesse esquecer, da última. A última e definitiva dança. Conseguira fazer verter água daquela pedra. E que água!

— Viajar, benzinho? Só nós dois? Puxa, que ótimo, quero, sim. Ah, mas veja só, bem quando ia fazer minha exposição, mas não faz mal, deixa que posso adiar, xi, preciso comprar um... umas roupinhas novas, o Júnior... não, não tem problema, ele se vira. Que bom um feriado, bela idéia.

— Sabe, Ariel, sabe o que penso? Acho que o cotidiano é o que é, um dia melhor, outro pior, mas um bom momento, uma festa a dois alimenta muitos dias magros.

Ariel sorri. Sabe-se lá se com ironia, se com tédio ou se com prazer. É, deve ser de prazer, afinal é um sorriso.

— Que encanto! Mas isto aqui é o paraíso! — Alice não sabe o que admirar primeiro, se a vista magnífica da janela, se o bom gosto do quarto. — Mas olha só a cama! Redonda! Não acredito! — Ariel parece surdo, precisa descer para procurar um mecânico, viajar com carro velho é um saco. — Volta logo, benzinho!

Ela se esquece de tudo o mais e começa a namorar aquela coisa sensual, coisa de revista! Tem vontade de deitar-se imediatamente, prefere guardar para depois. Imagina como seria fazer amor ali, naquele tálamo.

— Tálamo! — exclama e cai na gargalhada. — Ah, estou ótima. Só espero que a gente não caia da cama, imagina se na hora de me virar, boto a perna para cá — riu — e bumba, lá vamos os dois para o chão. — Mas estaca. — Ai, que besteira. Que mania de pensar bobagem. Pára com isso, mulher, pensamento positivo.

Alice já tinha aprendido a policiar-se contra o seu sistema de "intromissão – desmancha – prazer", modelito desgraçado. Quando criança, seus pensamentos nunca tinham final feliz, tudo virava tragédia. Incêndio, escorpiões, afogamento, desastre, morte, ali penetravam com facilidade. Hoje, a renitente velha mania se insinuara, um pouco da engraçadinha, é verdade, mas velha. Não, não, mudo de canal. E se imagina num belo filme americano, com cataratas de champanhe, vaporosos *négligés* com golas de *vison*, pernas, perfume.

Alice de Vermelho

— Alô, é da portaria? Por favor, o senhor pode mandar... aqui é do 44, sim... olha, uma garrafa de champanhe Don Perignon. Balde, gelo, não é?... Duas taças.

Enche a banheira. Muita espuma. Guarda tudo nos armários. Separa o *baby-doll* charmoso... o chinelinho dele aqui, mais o pijama, ah, ah, ele nem vai usar, ah, ah, melhor separar também o maiô, mas hoje ele também não vai à praia, ah, ah. Mas se tomo banho agora, depois não tenho pretexto para a banheira a dois. Ah, e preciso lá de pretexto?

Alice toma chuveiro, passa óleo perfumado no corpo, hum que perfume divino, escova os cabelos, um pouco de rímel aqui nos cílios, bem natural — puxa, o Ariel está demorando, bom, ainda bem, *négligé* e, finalmente deitada no leito redondo, nossa, quantas almofadas, começa a pensar. Hoje, sou a amante. Nossa, fora de casa é mesmo diferente. Rola pela cama, ajuda a relaxar. A sentir o corpo. Abre as pernas. Suspira. Boceja, alisa o pescoço, sente-se abraçada. Você está linda. Mulherona.

A campainha nem chega a interromper o devaneio.

— Chegou o champanhe! — Levanta-se, rápida, abre a porta, assim meio de lado, afinal estou... provocante. — Oh! Ariel! Pensei que era o... a...

Entra Ariel, suado, a camisa esparramada pela cintura. Passa as mãos sujas de graxa para tirar o suor da testa e interrompe o movimento quando vê aquela mulher à sua frente. Olha bem para Alice, examina o aposento, funga, vira-se para a sorridente figura:

— Hum... mas está um cheiro de merda aqui dentro!

Tudo isso ficara no passado. Ficara? Bem, Alice chegara à conclusão de que os comportamentos desumanos de Ariel não podiam ser de uma pessoa normal. Mas também, ela se disse, quem é normal? E acabou se acostumando. E percebendo, cada vez com menos dúvida, que Ariel tinha um objetivo:

acabar com ela, não podia ser outra coisa. Apertou o travesseiro, mordeu os lábios. Da última vez, chegou até a berrar:

— Assassino!

Ariel sorrira, essa mulher não regula! Não sabe mais o que inventar para me ofender. Foi até o quarto onde Alice se refugiara e comunicou-lhe, explícito como jamais fora:

— Veja bem, você me ofende, me insulta, e depois reclama que não dou carinho. Não sabe porque não sou... amoroso. Então fica sabendo agora, depois de uma dessas, não vem que não tem. Carinho, não.

Pois bem, concordara ela, com a boca cerrada. Já sei qual é a tua. E a minha. Desta vez não vou dar o braço a torcer, não vou fazer as pazes, não vou esquecer. Não vou fazer dança nenhuma. Aquela dança que seu pedaço bondoso batizara com o nome técnico de "reconstituição de vínculos" e que sua dignidade humilhada chamava de "lamber a bunda".

Desta vez não lamberia nada de ninguém. Entrar no jogo do ele duro, ela mole, não. Alice mantinha-se firme havia vinte e sete dias. Nem um toque de mão.

Só que... Alice não agüentava. Era uma cobrança de alma, de vida vazia. E de sexo. O jejum ouriçava cada célula do seu corpo, ela sabia, até sentia, que isso lhe prejudicava o equilíbrio. Tantas ausências, tantas irritações. Ele não sabe que estou na menopausa? Bem agora que envelheço, não tenho tantos mil dias mais? A brutal onda de calor atacou e Alice começou a abanar-se.

Levantou-se, abriu a janela, acendeu mais um cigarro, quem sabe morro entupida de fumaça, se ele acordar, azar. Voltou para a cama.

— Merda, nunca pensei que fosse ter essa merda. Já não chegam os faniquitos — a compressão na vagina causava uma premência de movimentar mãos e pés, uma agitação que era necessário conter, voltou a passar a mão pelo corpo — e ainda essa droga de caloreira.

Lembrou-se dos calores de sua mãe. Um pouco mais do que adolescente, observava com desgosto as esfuziantes reclamações acompanhadas de uma risadinha histérica. Odeio essa risadinha. E não compreendia que calor era esse, embora soubesse que mulher na menopausa tem ondas de calor. Ondas secretas. Que nenhuma mulher era trouxa de ficar divulgando. Idiotas. Burras como os homens que passam a vida dando uma de macho. Quem é, é. E Alice sentia-se mais mulher do que nunca, com menopausa e tudo. Pena não ter com quem exercer...

Era um beco sem saída. A equação matemática perfeita não é condizente com a vida, ela sabia, tem de ser rompida. Pois de professora não virei enfiadora de contas? Aliás, artesã de bijuterias e com muita honra. Olhou para Ariel e relembrou a sua proposta de mudança, deixo de lecionar e vou ser mãe, é tudo o que quero. Refez pela milésima vez a equação. Aquele inútil círculo vicioso: Alice faz X, Ariel responde Y, Alice fica do jeito A, Ariel fica do jeito B, pelo que Alice faz X para Ariel que lhe responde com Y... Mas havia nisso um furo, não, dois: um, que ela se colocava sempre como a que originava a ação, era sempre e sempre ela a responsável pelo desencadear dos acontecimentos; e o segundo furo era que, fizesse ela S, A, B, J, H, N, o alfabeto inteiro, Ariel sempre respondia Y. Ela sabia que tinha de mudar, quebrar algum elo. Só que agora já estava cansada. Muito cansada. Quero tanto e apenas — um beijo.

Não, autopiedade não, maldito sentimento. Agora, só raiva. E deixou que a raiva crescesse, enquanto tivesse raiva, nada mais lhe interessava. Ruptura de vínculos. É o que desejo. Eu sou a boa, a certa, a adequada. O mundo tem sido mau comigo. Vinte e sete dias de estupidez. De burrice. Chega. Nenhum dia mais.

Alimentando a raiva, alimentou o desejo de vingança. Um bom par, esse. A vida inteira fui vítima de um sistema de raiva, quem com raiva fere, com raiva será ferido.

Decidida, nenhum minuto a perder, levantou-se, vestiu-se, nem café tomou, vai ser em jejum, foi até uma loja de ferragens, esperou abrir:

— Me dá duas latas de tinta *spray*. Uma azul, uma vermelha. — Pela cabeça, já lhe passava o que escreveria. Sentia-se excitada, nunca estive tão lúcida. — Não, olha, mudei de idéia, melhor me dá as duas vermelhas. Não, duas não, quero quatro. Isso, quatro.

Ariel chegou em casa para o almoço. Raras vezes vinha, não tinha hora e nunca avisava. No fundo, no fundo, sentia prazer em ver a comoção que causava. O pânico da mulher para servi-lo, bota a mesa correndo, ainda bem que imaginei que você poderia vir, preparei um assado como você gosta, por que não telefonou? Ora, é minha casa, preciso lá telefonar?

Observou um movimento inusitado, gente no corredor, a porta escancarada. Arrombada? Entrou rápido, olhou a sala, não havia nada no lugar, tudo jogado, espalhado. O cheiro, que fedor. Nas paredes, um vermelhão. Conseguiu ler: "Assassino!" Letras muito claras, redondas, de professora: "Sádico". "Carrasco." "Inimigo." "Burro." Burro??

Berrou:

— Oh, Aliice!

A vizinha puxou-o pela manga:

— Na cozinha. O gás.

Maluca. Tresloucada. Preciso salvá-la. Voou para a cozinha. Aos tropeços, que o chão estava forrado com montes de livros. Meus livros!

— Abram as janelas, corram!

Já estava tudo aberto. A porta do forno, aberta. No chão, Alice, a boca aberta.

8
Excursão

> *O cara subiu no trem e esqueceu todas as suas malas. Mas levou a bagagem.*

O ônibus, carcaça velha e arrebentada, sacolejava na estrada de terra. Em cada encruzilhada, parava para receber novos passageiros, uma gente humilde, de cara curtida pelo sol, a maioria vestindo branco-sujo, carregando sacos, sacolas, galinhas. O calor era intenso, fora e dentro, e o ônibus cada vez recolhendo mais gente. Tudo isso era o menos inusitado diante da convulsão que Alícia percebia dentro de si.

MENINA, VOCÊ VAI FAZER UMA VIAGEM

Olhou à sua volta, mal conseguia se mexer, apenas um teste para ver se lembrava os nomes dos companheiros. Bom, Macedo era fácil, é o despachante com quem tratei durante a organização do... do passeio. Mãozinha também, pudera, com aquele defeito na mão. Agora, os outros... Ah, sim, a velha negra, toda vez que visitei o Pastor, ela estava ali na ante-sala.

MARIANA SERÁ O TEU ESPÍRITO PROTETOR

Alícia sorriu, acenou para Mariana, mandando-lhe um beijo com a ponta dos dedos. Outros dedos passeavam por sua coxa. Deteve o olhar naquela mão especial e se deixou embalar pela sensação de prazer.

O grupo ali da frente cantava: "Como pode um peixe vivo, viver fora da água fria..."

VOCÊ ESTÁ SOZINHA COM A MENINA
QUE FOI E AINDA É...

"Como poderei viver.. sem a tua companhia... sem a tua, sem a tua..." Olhou para o companheiro, deu-lhe um beijo no rosto. Que pele lisinha, quase nenhuma barba, sentiu uma coisa boa. Corpo vivo. Deu uma gargalhada.

— Eu sou engraçado, é?
— É, engraçado e lindo. — E riu e sorriu.

Alícia não se reconhecia. Nunca tinha viajado num ônibus assim e com gente assim. Havia no ar um cheiro abafado, mistura de suor velho e pesado com fedor de jardim zoológico, que ela aspirava. Aliás, nem de ônibus nenhum ela se lembrava. Sempre andava em carros de bancos largos e macios, ou então de avião. Viagens de passeio grã-fino a lugares sofisticados. Tudo um tédio. Sofria porque nada a deslumbrava. As palmeiras que todo mundo achava exóticas, aquelas encostas que, concordava, eram magníficas, ou até as águas azuis do Mediterrâneo — nada mais lindo — para ela eram coisas mortas. Paisagens, só isso. E nada, nada se comparava com o calor que experimentava agora.

Excursão

VOCÊ VAI TRAVAR UMA LUTA CONTRA ESSA FORÇA QUE TE DOMINA E TE SUFOCA

No começo, não entendia nada das palavras do Pastor — "esse homem fala grego"...

NÃO PRECISA ENTENDER, MENINA. NÃO É DE ENTENDER

E, de fato, por alguma razão que também fugia à sua compreensão, Alícia cedeu. Cedeu à possibilidade de existência de outros modos de ser, à necessidade de permitir que outros tipos de forças tomassem lugar dentro dela. Passou a duvidar de si mesma. E começou a fazer tudo, ou quase tudo, ao contrário do que lhe ditava alguma sua razão mais profunda.

No início, praticou a revolução como se fosse um jogo. Não gosto de nabo, vou comer nabo. Estou deprimida, vou sair, passear, brincar. Sou ciumenta, vou parar de controlar. Tenho preguiça de andar, vamos lá, uma caminhada por dia. Que mais?, que mais?, perguntava-se, já começando a se sentir altamente estimulada pela experiência. Viciada em ler jornal de ponta a ponta (quantas horas gasto?), conseguiu a disciplina de dez minutos por dia. Parecia bobagem, mas ficou feliz quando percebeu que suas intolerâncias haviam se transformado em convivência possível com a vida.

E foi essa a mulher que embarcou na viagem. A caminho de uma fonte de água pura. Sentada ao lado de um vagamente conhecido, no entanto tão próximo.

— Sou estudante de medicina.

— Eu também estudava medicina! — e Alícia não acreditava no que o rapaz lhe dizia, a boca junto do seu ouvido. Coincidência? — Meu maior desejo é voltar a estudar.

VOCÊ VAI BEBER A ÁGUA DA FONTE COSMO

Alícia ficou muito séria. Talvez esse fosse o momento mais vital que já experimentara.

— Eu... eu estou me sentindo muito bem. Estou tão alegre com o mundo. Tudo está me parecendo tão... justo, tão correto. Essa gente toda aí... tá tudo na deles, e eu... eu tô na minha! Ai, a vida é maravilhosa, não é? Acho essa paisagem uma beleza!

— Você é uma graça...

— Eu? Você não me conhece... Minha vida é uma gangorra, dividida entre a família, olha, tenho dois filhos, e o meu maior sonho que é de ser médica. Só que uma ponta está plantada no chão e o resto está lá em cima, no ar.

— Acho que vou pular nessa gangorra.

Teve medo. Mais uma vez olhou à sua volta, essas eram palavras perigosas. Não avaliava o seu significado, sentia-o na boca do estômago. Não, pior, ele estava ali, na vagina. Pior?

Mariana estava firme ali atrás, como que à espera do seu olhar e lhe sorriu. "Essa mulher já viveu muito", pensou Alícia, "ela sabe." Sentiu-se segura. Encostou-se ao companheiro o mais que podia, quatro mãos se agarraram, dedos fortemente entrecruzados, o ônibus avançando na estrada esburacada, achava até viável que esse fosse o correto caminho para o paraíso.

— Meu nome é Jonas, e o seu?

Alícia exultava. *Yo no creo en brujas, pero*... Afinal, quem era esse estranho Pastor? Até o nome dele, José Carlos, não era convincente. Ele deveria se chamar... não, não, está bem assim.

— Fui conversar com o Pastor por insistência de uma amiga. Ele é espírita, ou o quê? — Alícia vibrava e adivinhava que a subversão da ordem interior era fenômeno comum aos

passageiros do seu grupo. Aos pupilos de José Carlos que, sentado no último banco, cochilava, sorrindo. — Ah, Jonas, que importa saber. Nunca senti nada igual.
— Você é a mulher mais linda que já encontrei.
Ela acreditou. Nunca se sentira tão jovem nem tão segura do seu destino. Estudante de medicina!...
Aconchegou-se, aspirou profundamente o perfume que tinha aquele rapaz.

9
Pode Ser

Na minha casa, nada se perde.
Mas também nada se encontra...

CHEGO SEGUNDA DEZOITO HORAS COM MALAS CUIAS FILHOS PT DEFINITIVO PT CALMA BEIJOS BONECA

Chora. Berenice chora.

— Inacreditável. Incompreensível. Não, pra compreender dá, sim, muito bem. Ouça, Arnaldo, o que não dá é pra acreditar. Bem que a Míriam falou. Voltamos à era do matriarcado! Bem que a Míriam falou! A Júlia, a Helena, a Mariela, agora nós, todo mundo! Estou atordoada! Que fazer? Que fazer?

— Berê! Não estou entendendo uma palavra! Estou ocupado agora, meu bem, me liga mais tarde. Pode ser?

Sempre pode.

— É por isso que esses casais se separam! — Berenice desabafou com Gisela, sem nem se lembrar de que a irmã já era divorciada. — A intolerância campeia. Custa ser gentil? Custa ceder um pouquinho? E agora me cai todo mundo aqui, assim, de pára-quedas. E a Boneca ainda escreve "definitivo"! Será que entendi mal?

— O que que o Arnaldo acha?
— Ai, o que vai ser de mim...
— Que atitude egoísta!
— É?, como você tem coragem de pensar isso, agora que estou para me formar, me vem uma bomba dessas! E o meu estágio?
— Calma, Berê, pensei que o egoísta fosse o Arnaldo. Claro que você tem razão, eu também acho que vai ser um saco nas tuas costas. Você vê, eu não, eu não joguei a mamãe em fogueira nenhuma, foi ela que...
— Ah, ah-ah, ah-ah, olha só quem quer tirar a carapuça. Audácia!

....

— Sabe o que você é? Eu sabia, quando a gente casou, eu já sabia, já via, mas pensei que fosse melhorar. Oh, Joel, você não está preparado nem pra casar, nem pra ser pai, e agora, meu Deus, e agora, o que vai ser de mim e desses meninos?
— Você não vai me levar no bico com a tua falação, eu já disse, tem muito remédio nessa receita, escolhe dois, eu compro dois, dois não chega?, senão apela pra Deus, isso mesmo, e se Deus também não te atender, hem, e aí, hem, pra quem você vai apelar? Pro bispo? Ou pra mamãe? Claro, só que a mamãe tá longe, Boneca.
— Pára de me chamar de Boneca.
— Ora, pensei que você gostasse.
— Tá vendo? Quer parar de me provocar? Você faz tudo pra me irritar, eu não quero mas acabo caindo na tua. Jojô, ouça, vamos falar direito? Com calma, por favor.
— Vamos. Só que agora estou com sono.

Pode Ser

— Mas não vai dormir, não, senhor. Precisamos conversar, a gente precisa falar, saber o que está acontecendo. Eu sinto que você tá ficando cada dia mais irresponsável... afinal, precisa sustentar a família, precisa...

— Você é que é uma exagerada, controla tudo, fica em cima...

— Me cortou a mesada. Faltam coisas em casa, os meninos crescem, por que você nunca quer ir a um cinema, hoje mesmo eu...

— Ora, vai fazer tragédia por causa da merda de um cinema. Liga a televisão .

— A televisão já está ligada, e só no canal que você gosta, já percebeu? E eu nunca tenho tempo pra ver essa porcaria, os teus dois filhos, que Deus me perdoe, não dão um minuto de descanso, nem de dia nem de noite. Estou bem arrumada, mesmo, de dia é o canal que eles gostam, de noite...

— Boneca, muda de assunto... Esta não é a mulher com quem eu casei, se não está contente, se manda, vai, ninguém te obriga a ficar aqui. Que chata!

....

— Vê se isso é modo de falar. Eu li num livro que ser mãe é viver em "estado de dedicação". Tá certo. Mas aí ele...

— Chega, minha filha. Esse papo não interessa pra ninguém. Você dá um tempo, depois volta pra casa. Onde já se viu, desmanchar uma família só por causa de um cinema!

— Oh, Arnaldo, você sabe como o cinema é importante. A gente não pode viver isolado. Cinema é cultura! Mas o problema não...

— A Berê tem toda razão. Pra mim, cinema é tudo, é a fantasia da alma, é... — intrometeu-se Gisela.

— Boa noite. — E Arnaldo se levanta, nervoso, levando os jornais do dia. Berenice o abraça, todas insistem para que fique. — Eu já disse o que penso, o que vocês querem mais?

— Lamento, papai. Você tem razão, mas não é bem assim. Eu não agüento mais, dá pra entender que eu preciso falar? Se eu não falar, falar, falar... É todo dia, todo dia. E dois filhos, isso é exemplo de pai? Sabe o que eu sonhei a noite passada? Ouve só: eu tinha de entrar num grande armazém, a aflição era grande, vi uma passagem, me arrastei por ali, só então percebi que estava no teto, uma altura enorme. Me agarrei num cano pra tentar escorregar e era um cipoal, uma trepadeira que não me agüentava. Nem sei como me segurei pra não levar o maior tombo. Voltei lá em cima e só então vi que havia uma estrada circundando o armazém, uma descida que levava até a porta. Entende, papai? Está tudo aí, eu...

— Você não aprendeu a lidar com teu marido, Boneca. Jogo de cintura, sabe como é. O que não pode é ir acabando assim, sem mais...

— Ora, e eu? E eu! Não é assim, não. Era. Não dá pra viver sem um ar fresco, se não dá pra criar nada, prefiro destruir...

— Conversa de psicóloga — resmungou o pai.

— Quero começar uma vida nova...

Gisela levantou um dedo, abriu a boca, Arnaldo foi mais rápido:

— Então vai se olhar no espelho, minha filha.

....

— Tua barrigona está linda. Sabe que fico louco com o teu corpo?

— Ai, Jojô, também fico louquinha com você... Vem, amor meu, vem, quero ter vocês dois dentro de mim. Você dá um beijinho bem gostoso no nenê?

— Não me provoca, minha Bonequinha, olha que é perigoso. Ai, ai, desencosta de mim, sua malandra, vê se apaga esse fogo, mulher doida, você não pode, eu não posso, pára com isso! Adoro quando você queima desse jeito.
— Eu também. E adoro você, meu amor, meu tesão, ai que vida mais linda! Você é o homem mais perfeito que existe, sabe que eu acho lindo você ser bem magrinho? Quando você vai gozar, sinto tudo na tua barriga...
— Você diz isso só pra me agradar, sua mentirosa gostosa. Mas no ano que vem você vai ver o tamanho do meu músculo, ó, vai ficar duro como pedra.
— Qual músculo? Esse daqui?
— Pára, Boneca, mas que mãe você é? Não pode, minha gatinha, fica mansa, a gente agüenta, eu agüento e você não consegue?
— Jura que você nunca vai transar com outra mulher.

....

— Puxa, mãe, o que bati de perna hoje. Os meninos deram muito trabalho?
— Achou alguma coisa? E o apartamento perto da escola? Acho que é o melhor de todos, já pensou, pra levar as crianças é um pulinho.
— Ai, nem me fale, é o único que presta, mas o preço! Um roubo! Oh, Maurinho, pára de chorar, filho, vem cá, mamãe dá beijinho, vem, coração, ai, fofinho! O papai não vai acreditar, mas olha, mãe, não achei um que fosse...
— Manhê! Vem me limpar!
— Já vai, Paulinho, espera um pouco! O papai vai ter de me agüentar aqui mais um tempinho, olha, até pago aluguel pra vocês...

— Manhêê!
— Calma, Paulinho, você não me ouviu?? Já vou! Sabe, acho o papai diferente, ele questiona o jeito do mundo, não é como...
— Pagar como, Boneca? Não vai ficar aflita só por causa disso. Quer me dar o Maurinho?, está na hora da janta dele. Sabe, ele já fez cocô quatro vezes, meio mole, sei não. Vou fazer um chá de...
— Não precisa, mamãe. Essa parte de remédios você deixa comigo. Sabe, a gente precisa sentar e planejar as coisas, estou achando tudo muito confuso. Ai, Maurinho, outra vez? Então já vamos tomar banho. Paulinho vem com a mamãe, eu te dou o barquinho... ué, cadê o Paulinho?
— Manhê! Vem me limpar...
— É mesmo, já vai, agüenta aí que já chego!
— Você vai dar um remedinho para o Mauro ou não? Olha só, tudo mole, minha filha!
— Vou, mamãe, vou! Você vai sair? Por que não fica comigo, é tão gostoso dar banho nas crianças!
— Também acho que precisamos conversar.

....

— Mas como não vem? É tua família, Joel, desculpe a franqueza, mas vocês parecem duas crianças. Pega o avião e se manda pra cá. Mas, homem, ouça, não pode ser assim. Não é nada disso. Te garanto que a minha filha te ama. E os meninos, eles têm saudades. Ela não falou nada, não disse uma palavra, você sabe que nós sempre gostamos muito de você. E então, quando é que você vem? Ela não quer telefonar, disse que as pessoas só se tornam humanas quando aprendem a se importar com os outros. Então pelo menos vem para conversar comigo, de homem para homem.

....

— Chorando por quê? Não precisam mais de psicóloga na escola?
— Não fala desse jeito, Joel.
— Ah, pára com isso, Boneca! Jeito, jeito, mania de jeito...
— Esse não é você.
— Claro que sou eu. Achei muito bom quando você resolveu ir trabalhar, não achei? Seria muito melhor ficar em casa e criar os filhos, mas se era pra tua alegria. Aposto como já brigou com a diretora. Conheço bem essas mulheres que trabalham, ficam...
— Ah, conhece bem, é? De onde, da cama?
— Chega, vai. Já tou cheio.
— Eu também. Só que meu cheio é diferente.
— Vamos jantar?
— Estou grávida.

....

— Boneca, ouça a voz da experiência. Eu dei uma de valente, fiquei sozinha na minha casa, olha o Paulinho enchendo a boca de chocolate, foi a maior dureza. Um sofrimento!
— Mas, tia Gisela, segura o Maurinho um momento pra mim?, eu nem casa não tenho mais. Paulinho, cadê a sua bola? Não chora, que coisa feia, meu lindo, vem, a mamãe joga bola com você, tá bom? Mas, primeiro, vamos lavar essa boca, senão, olha, vem bichinho comer o açúcar.

Berenice espera Boneca se afastar, dá um beliscão na irmã:
— Gisela, pára de encher a cabeça dela, você sabe que não dá certo ela morar aqui. Olha aí, endireita o braço do menino, que falta de jeito. Ela tem de refazer a vida dela

sozinha. Não acho nenhuma maravilha você estar encostada na mamãe, sabe disso?

— Ora, deixa de ser egoísta, Berê, e segura teu neto que me doem as costas. Foi a mamãe que insistiu, ela sentiu o meu drama. Sabe que depois que me divorcei fiquei sofrendo da coluna?

— É, mas comigo ela não pode contar, não. Ando muito ocupada. E não tenho jeito pra ser babá tudo de novo, com criança por perto a gente não tem tempo nem pra respirar. Ah, olha só como o Paulinho está bonitinho, hum, que cheirinho gostoso! Que sabonete é esse que você usa, Boneca?

....

Removida uma parte dos móveis, o apartamento comportava bem os convidados. Por todo lado, flores.

Berenice, num vestido verde-água e colar de pérolas, quase não dá conta de passar os pratos de bolo e receber os cumprimentos. Todos queriam abraçar "a mais nova advogada", ao que ela automaticamente respondia "mas não a mais jovem" e sorria.

— E aí, mamãe, tá feliz?

Berenice olhou para Boneca, fez-lhe um afago no rosto, sentou-se para descansar os pés e respondeu:

— Olha, meu bem, acho até que sim. Pelo menos o susto já passou.

10

Rodas

> *Amor, amor, Forrei nossa caverna
> com rosas. Com tapetes macios.*
> Sílvia Plath

— Alô! 881-61...
— Tânia, escuta. — Uma voz sussurrada, engolida. — Vem já pra cá.
— Alice! O que aconteceu?
— Nada não. Preciso falar com você.
As duas frente a frente. Abraçadas.
— Você tem certeza? — Tânia arregala os olhos.
Alice impaciente.
— Claro que tenho. Há dias que estou pensando. Não fiz outra coisa. Avaliei, pesei, você sabe que sou um poço de paciência, fiquei aqui sempre, sempre, firme, tolerante, dando amor pra caramba. Mas não dá, agora não dá mais.
— Eu sei, acredito, mas você está é com fogo no rabo, também não precisa ir embora, assim, de vez. Olha que pode se arrepender e depois não tem volta. Calminha, deixa eu falar. Não é o momento bom pra ir embora só porque se apaixonou. Tem de dar um tempo, tem de...
— Não foi pra isso que te chamei — Alice ficou irritada. — Foi pra que você soubesse, só.

— Está bom, já sei. Mas como fica o Jonas, puxa vida, ele é um cara legal. É bom pai, tem um lado charmoso.

Alice riu e chamou a empregada:

— Maria, faz favor, pega a escada pra mim.

Tânia estava em pânico — essa mulher pirou. E achou melhor deixar Alice falar, soltar os cachorros — quem sabe assim se alivia e percebe.

— Tem razão, Tânia, o Jonas tem mil aspectos ótimos. Uma gracinha. Fácil amar o lado bonito de uma pessoa, isso qualquer um faz. O difícil mesmo é amar de verdade o outro lado... e eu amei, tá certo?, as manias, as chatices, até as malvadezas, sabe, aceitar de coração aberto o... a... a criança burra, teimosa que existe no outro. E isso eu fiz, entendeu?, isso, sim, é...

— Então, Alice, está aí o negócio, tenho certeza que você ama o Jonas, vejo a sua vida assim com ele, compreendendo ele... a gente já falou tanto disso, e depois...

— É, tá certinho, só que pra casar precisa dois, entendeu? — e Alice já perdia a paciência —, e aqui só tem um, uminha só, eu. Só eu que compreendo, só eu que aceito, ah, tem dó, você bem vê que ele continua igual, não tolera, não tolera nadinha, me castiga, me humilha, me despreza, eu sou... sou não, me sinto, com ele me sinto um lixo, um lixinho à esquerda. Olha aqui, minha amiga, encheu, encheu mesmo, entendeu? Até quando você acha que vou esperar, hem? Vou esperar o quê, o trem? Nessa estação não passa nem carro de boi.

Alice já tinha tirado a mala do armário mais alto e, ágil, ali colocava algumas roupas melhores e mais novas. As duas quietas, por um instante.

— Só te chamei pra que saiba aonde vou, onde estou. Você é a única pessoa que sabe. Não se assuste, Taninha — sorrindo, beijou a amiga —, nunca estive tão segura em minha vida.

— Não tem um café? Um *cognac*? — Tânia sentia uma pontada na barriga. Autômata, recebeu uma folha de papel, ouviu a voz de Alice: nomes, Rio, Búzios, endereços, telefones, tudo organizado. Respirou fundo, não dá para acreditar. Não é assim que se fazem as coisas.

— Tânia — lá vinha Alice de novo, agarrando-a pelos braços —, sabe o que eu descobri? — Ela tem todos os argumentos, pensou a frágil Tânia. — Que só perdi a virgindade com o Gil, entendeu? Agora sei o que quer dizer virgem. Virgem é a mulher que não goza, sabia disso?

"Paixão", foi o raio que estalou nos miolos da amiga, "e as crianças?" foi o que conseguiu balbuciar. O argumento.

— Tava demorando — e Alice deu uma gargalhada — o meu grilo falante. Não são mais crianças, vão entender. Fica tranqüila que já conversei com os meninos, sabem que vou viajar, não tem grilo nenhum. Tânia, escuta, o Gil é o homem da minha vida, ele é, ai, que carinho, não é uma brincadeira, sabe, me trata como mulher, como gente, pergunta o que eu, eu, Alice, quero, pensa em mim como... como uma pessoa viva, me dá colo, me dá beijo, até briga comigo. Não gostou, falou. É uma relação bonita, não tem disputa, te juro, minha amiga, eu não sabia que isso pudesse existir, essa paz, tá bom?

Confusa, Tânia não podia deixar mais barato:

— Vai melar. O tempo vai passar e aí?.

....

Na casa de Gilberto, a agitação era outra. Passara os últimos dias colocando os negócios em ordem, contente com o esforço para poder emendar os feriados. Ficar duas semanas em Búzios com a mulher dos meus sonhos. Eu bem que mereço! Que mulher, seu! Sedenta, gostosa, um luxo! Melhor assim que a lambisgóia da Eunice. Que diabos, para que me lembrar daquela histérica inútil? Divorciou, acabou. Será que a lavanderia mandou a minha calça branca, deixa ver. Brotinhos, nunca mais.

Só tinha um porém, eu não devia ter concordado. Besteira, mil vezes besteira. Ela quer ir de ônibus, só porque vou de carro emprestado. Grande coisa, o Miguel é amigo, gente de confiança. Quanto pedira, argumentara, inútil. Deteve-se no gesto, ficou segurando os maiôs e camisetas e, pela primeira vez, sentiu dúvida. Será que ela vai mesmo se mandar de casa? Orra, ela me jurou que seria nossa lua-de-mel, que a gente nunca iria largar um do outro, a gente se ama, e por que ela não tem coragem de sair daqui junto comigo? Não — jogou as roupas na mala.

Cantarolando, ligou para se despedir da mãe.

— Não, mãe, não é pilantragem, não. É uma viagem... sadia. Grandes novidades! Prepare o seu coração... Quando eu voltar, conto tudo! Já sei, vou tomar cuidado... sei... telefono, claro, não precisa nem dizer, já te conheço... ligo quando chegar ao Rio, tá bom, como você quiser. Te adoro, viu?

Telefonou para Alice:

— Estou saindo, só falta passar no escritório. Deixa de bobagem, vamos juntos?

— A gente já não combinou? Te encontro no Leme. No sétimo banco depois da avenida, certo?

Cantarolando, enfrentou a estrada. "Ai, como esse bem demorou a chegar..."

....

O desastre foi terrível, tudo passou voando. Carros pararam, juntou gente. Cuidado, sai da frente, tira o homem daí, não puxa desse jeito, olha o pescoço dele, um cobertor, alguém tem um cobertor? Todos aflitos e solidários.

De um dos carros, descemos nós, eu e meu noivo. Eu, assustada, com certeza pálida. Insisti com o meu companheiro, vamos embora, detesto essas coisas. Mas ele já corria...

....

O mar não estava para brincadeira. Grande ressaca. Alice contemplava ondas como jamais vira. Sentiu-se emocionada, vontade de ouvir música, mas como com esse barulhão?, sorriu, e o Gil, aposto como nunca viu coisa igual... Embebida na cena, limitava-se a acompanhar a multidão que recuava, recuava. Subiu de marcha-a-ré alguns degraus. Mala e sacola já pesando, as três se agarrando, firmes. Aqui não tem perigo, percebeu que já estava na porta de um prédio. Riu. Que loucura! Será que demora?

....

Na estrada, o sol ainda aquecia aquelas pessoas que ali, perto do Rio e longe de São Paulo, acudiam o acidentado.
Fui me aproximando — pouco. Vi, de longe, uma manta. Alguém tinha arrebentado o porta-malas do carro (ou será que pegaram a chave?). Coisas voavam, peças de roupa e aí vi a vítima na sua maca improvisada: embrulhada na manta e até com travesseiro! Gritos, ordens. Leva ele para o hospital, eu torcia, mordendo as unhas, leva logo!
Vejo que um rapaz ajeita a manta, não, parece que tira o travesseiro, mas vejam só, tira o relógio, leva junto uma pulseira (deve ser de ouro), enfia no bolso assim sem mais e vai embora!

— Que homem bonito, não? — ouço uma voz, aqui, junto do ouvido.

Quem? O quê? Olho para o... homem bonito e lá estava ela, a mulher ruiva da voz, que coragem, agachada, passando um lenço, um pano, na cara do... Desabotoa-lhe a camisa, vai fazendo uma devassa nos bolsos, tira documentos, papéis, carteira. Olha por um momento uma foto, levanta-se lépida, tudo muito rápido, que ousadia, cadê ela, procuro, e lá estava um sujeito tirando os sapatos do... do pobre coitado ali, claro, pensei, a gente precisa liberar a circulação, então cadê a ruiva, sumiu, cadê os sapatos?

Uma ambulância leva o espoliado.

....

A cidade era pequena. Tinha passarinho, ruas poeirentas, um bilhar em cada bar, em cada esquina. Um enorme prédio da prefeitura onde de bonito só as árvores, e um mísero hospital. Na sala de cirurgia, o único médico de plantão, suado e exausto, tentava salvar com um nada de recursos a vida daquele sujeito. Mais um anônimo... Costelas arrebentadas, o baço esmigalhado e sabe lá o que mais, ele não era adivinho. Operava e blasfemava, se pelo menos tivesse um ventilador.

....

Eu, testemunha passiva, inerte, de língua pastosa, nunca mais serei a mesma. Passarei insone tanta noite, delirando, que por minha culpa uma vida se perdeu e que, em algum lugar, haverá uma Alice dizendo: "Sumiu..."

11
Mestra Lica

> *A meio espaço entre impulso*
> *e gesto escorre o sonho.*
> Sonia Samaia

— Bom dia, seus burros de carga!
— Bom dia, tia!
A professorinha, que não é do time do Nélson Gonçalves, olha para a turma. Senta-se, cadeira dura está bem, mas capenga? Apóia os cotovelos na mesa, queixo nas mãos e olha. O que passa pela sua cabeça ninguém sabe, mas a atmosfera à volta de sua figura começa a ficar lilás, muito rapidamente lilás. É que ela pratica todos os dias. A respiração está ofegante, até o dedão do pé respira e as narinas ficam maiores que as ventas de um touro. Ela olha. Fica roxa. Por dentro e por fora. Olha e vê.
É hoje.
Hoje como em todos os outros dias.
E o líquido começa a escorrer.
A classe, inicialmente, fazia o maior tumulto. Até vir a perceber que não era por aí. Por onde era, não sabiam, mas havia hoje uma ladainha, até que cadenciada, morna. Diziam algo como: "Vai chover... vai chover...", ou talvez fosse: "Vai

chorar". Havia expectativa e havia emoção. Alguns até apoiavam o queixo nas mãos, cotovelos sobre a carteira. Alguns até brilhavam. E todos olhavam, esperando.

— Tia!, é verde! — berrou um. Os demais em silêncio total.

— Tia coisa nenhuma. Eu sou Lica. Lica é o meu nome — Cascatas de sangue verde corriam dos seus olhos, e ela sorria. E todos sorriram.

A aula começou.

Lica retirou de sua bolsinha uma fralda fervida e, portanto, razoavelmente esterilizada e alva, enxugou os olhos, a face, as mãos e a mesa. Dobrou, ponta com ponta, alisou, jogou no lixo. Estava agora um pouco pálida, sorridente.

— Verde é português, certo? Não precisam responder, gastar a língua.

Virgínia, menos tímida, e que tinha como característica não gostar de perder tempo, levantou-se e foi logo explicando que tinham aprendido substantivo e que a tia tinha explicado que essa palavra queria dizer que eram as coisas que tinham substância, não é, e que tinha coisa que era mais coisa, então, era substância que estava ali, coisa que pode pegar, o livro, a cadeira, a saia, a árvore, não é, então tudo isso é... ai, que tinha esquecido, então alguém falou cimento e finalmente alguém disse concreto. E todos repetiram: "substantivo concreto".

— Preparados para a vida? — perguntou Lica sem nenhuma ironia.

A classe permanecia muda. Ainda não era fácil para eles o contato com essa ti..., imagina, tia eram as outras, essa era Lica. Meu nome é Lica. Não entendiam mas amavam.

— Vocês são uns pobres infelizes mesmo. Inúteis, vamos lá, por acaso acabou a aula de português? E então, "vida" é substantivo concreto?

Alguns riram. Ai, como era engraçada essa... essa Lica, ela fazia cada pergunta que era uma piada, e dizia que eles eram uns inúteis e eram mesmo. De repente, ficaram todos infelizes. Menos um, que se levantou.

— Ah, Toninho, meu querido, você é um furacão mesmo, pode falar.

E Toninho, inflado de orgulho, contou que havia também o substantivo abstrato e que a tia, a outra, havia explicado muito bem. Leu as palavras de gente grande e disse que amor, ódio, inveja, ciúme, covardia, ira, sofreguidão, gula, voracidade, piedade, carinho, prepotência, corrupção, saudade, raiva, eram tudo coisas que não se podiam pegar e por isso era tudo substantivo abstrato.

As cabecinhas eram puras, se a tia falou, tá falado. Mas a classe permaneceu à espera. Sabia que algo haveria de acontecer. A pausa, no entanto, foi longa, eles só sabiam que, com Lica, a verdade tinha também oposto, mas como fazer a operação? As crianças começaram a se sentir inquietas e foi num átimo que começou a ladainha, primeiro uma voz isolada, logo um coro compacto, vai chover, vai chorar... e lágrimas começaram a correr dos olhinhos muito, muito espantados. Não choravam com soluços e nem seus rostos demonstravam algum esgar de dor ou de infelicidade. Era apenas o sabor efetivo de um líquido vertendo de um corpo que funciona.

Lica ficou molhada de suor. Começou a caminhar lentamente por entre as carteiras, tinha vontade de gritar alto e então falou:

— É mentira! É uma deslavada mentira! Que pena! Ouçam, crianças, jovens, eu não gostaria que vocês fossem projetos de debilidade mental — e fez uma pausa. — Eu não gostaria que vocês aprendessem a vida errado, sem saber que esses nomes todos aí que o Toninho falou são concretos, são a coisa mais verdadeira que existe dentro de cada um de nós.

Respirou fundo, pegou na mão de uma criança, e de outra, e de outra, levou-os a formar uma roda, gargalhou e eles gargalharam também, e cantaram a ciranda e se convidaram a dar a meia-volta.

Excitados, sentaram-se em círculo, bebendo com os olhos a luz que emanava de cada um. Rapidamente, a batida de cada coração se normalizou. Alfredo, muito corado, Lica se dirigiu a ele:

— Você, que tem gente que quer que você tenha a língua burra, é um incompreendido, um destruidor, certo? Muito bem, você gosta do teu irmão, que eu sei, e todo mundo aqui sabe, e você bate nele. Então gosta ou não gosta?

— Gosto!

— Mas se gosta e bate é porque não gosta.

A classe vaiou, Lica tombou a cabeça. A matéria mais difícil, vamos lá.

— E que tal se a gente separasse as coisas? Alfredo, mostra a língua inteligente.

— Bom... eu gosto, né. Então, eu beijo ele, eu cuido dele, dou a mão pra atravessar a rua, deixo pegar meus brinquedos. Tá certo?

— Taaá!

— Mas tem hora que eu fico com raiva, aí eu bato.

— Atenção, vocês, crianças que eram muito cegas, agora são menos. Aquilo que a pessoa faz, o ato dela, é concreto e só esse é que conta. Não vão na conversa de quem falar uma coisa e fizer outra. Se eu disser agora que estou com raiva de vocês, será que estou? Pensem bem, raiva, substantivo concreto.

— Não! — respondeu um coral uníssono.

Uma saia preguejada agitou-se, tímida:

— L-Lica, você chama a gente de débil mental. Eu não gosto...

Mestra Lica

O silêncio foi intenso. Lica tirou os sapatos e mostrou que as unhas de seus pés eram negras.

— Ouçam bem — respondeu ela, abraçando os que estavam mais próximos —, falo dessa maneira, pelo seguinte: vocês têm aula com as outras professoras e se somente aprenderem o que elas falam, vão ficar isso mesmo. É o que vejo quando entro nesta sala. Na próxima aula, vamos estudar as Unhas Negras. E cada um, e eu também, vamos demonstrar como é o nosso substantivo concreto de saudade. Continua verde?

— Verde! — foi a resposta animada.

Todos tiraram os sapatos e as meias e, sem espanto nenhum por ver que suas unhas estavam negras, esticaram as pernas dentro da roda, juntando pé com pé. Foi um grande calor concreto.

12
Bolimbolacho

> *Tímida homenagem aos gatunos,*
> *ladrões, larápios, corruptos. Aos*
> *meninos de rua. Aos desabitantes.*

"América é onde (...) as pessoas esperam, cansam de esperar, onde casais pobres dormem abraçados em velhos bancos de madeira enquanto os ventiladores, os aparelhos de ar condicionado e os motores todos da América zumbem na noite morta (...) onde um jornaleiro miserável e raquítico dorme num bar, seu rosto amassado amassado (...) onde os pretos bêbados, esfarrapados, exaustos (...)". Marília fechou o livro, escreve forte esse Kerouac. Foi buscar uma fita dental, tinha esquecido de escovar os dentes depois do jantar. Assim como tinha esquecido de comprar um pacote de pasta de dente e as escovas para os trabalhadores lá do sítio onde passava os fins de semana. Amanhã, sem falta. E se imaginou uma escritora *beat*:

"(...) mãos duras, arrebentadas, uma vez já orgulhosas de ver crescerem verdes as folhas que haviam semeado, hoje transparecendo, na cara macilenta, afundada e curtida, não desespero, mas total desesperança. Trabalhar para morrer. No seu casebre chagásico, quase nada para comer, só gengivas e dois caninos negros, podres (...)"

Furtou-se de pensar em adjetivos para dourar a pílula.

Tinha-se de escrever o negro com o tenebroso. Mas, quem é ela, Marília, bem alimentada, cheia de problemas existenciais, sonhando com a redenção do ser humano através da arte — a única via perfeita para manifestação da loucura intrínseca, do sublime maldito — quem?, para traçar a crua visão da realidade do brasileiro? Até porque "América", com decadência e tudo, lhe desperta, seja como for, um não-sei-quê de olho arregalado, e "Brasil", ah, como pensá-lo, comentou com um professor, a dualidade favela/carnaval já é carne de vaca... tem a ecologia, tá certo...

"(...) enquanto o coronel, charuto na boca, barrigudo, mama na teta do subsídio e do conchavo, faz andar essa merda no gatilho do revólver e no tacão da botina, não sobrevive em força e poder se não guardar para si até os próprios excrementos. Onde o político, defendido com unhas e dentes pelos próprios políticos, bastardo de lisura e de respeito a alguma condição humana, dorme escarranchado no sofá da sala, bêbado de *whisky*, depois de usar voz grossa com a mulher, indiferente se amarrota o tropical inglês da sua calça."

Parou aí, esses são os contemplados da sorte, estão pouco se lixando para o que se diga deles. O negócio dos *beatniks* é subverter valores, e isto se faz, questionou-se Marília, atacando os fortes ou dando vida aos fracos?

O espanto morreu, lá como aqui. Não o meu, não o meu, brigou ela com seus botões. E passou a querer se provar indignada com o estado das coisas, confusa sobre se o indignar-se corresponderia a uma ação subversiva. Hoje vivemos num país livre, refletiu, todo dia a gente lê o jornal denunciando com indignação "Leite apodrece nos armazéns", "O dólar subiu, a bolsa caiu", "Aterro desmorona, morrem dezenas", "Queimaram a floresta", "Criminoso do hotel foge levando milhões", "Leilão da estatal era fajuto", "Deputados aumentam seus próprios salários", e não subverte nada, ninguém foi preso, nunca apareceu nenhum culpado.

    Foi aí que Marília se lembrou: o culpado era Freud. Riu, não sem dar razão ao artigo que havia lido a respeito — graças a Freud, passou-se a compreender melhor a estrutura psicológica humana, e os mecanismos de defesa, e a atração pelo perverso, e os complexos todos, e tudo, seja por sentimento objetivo ou subjetivo, na leitura banalizada, era culpa dos antepassados. Assim sendo, pensa ela, não que os criminosos, os gatunos, os astutos, os espertalhões não sejam culpados, mas ninguém ousa puni-los, ou sequer prová-los culpados, porque carregam, os mantenedores da lei e da ordem, e todo mundo e qualquer habitante, seus próprios complexos, e não ousam atirar a primeira pedra. Quem tem telhado de vidro... Eu, hem?, vou lá participar de — ou escrever quaisquer linhas — que me deixem com a barra suja? E com que cara vou ficar no dia em que tiver de dar uma gorjetinha para o fiscal que implicou com o lixo do jardim na minha calçada?? Mas não resistiu:

    "Bonito isso, todo mundo perdoa todo mundo. O país inteiro perdoa o presidente, ali deitado em berço que balanga, onde reluzem trenzinhos dourados, o céu é sempre cor-de-rosa e as escadas se transformaram em rampas. Não tem nem degraus para perder o sapatinho de cristal na hora em que o sonho acabar. A mulher perdoa o marido adúltero — coitado, é um barco sem rumo; o marido perdoa a mulher que vê novela — deixa ela, assim vive a fantasia e não me enche o saco; os pais perdoam os filhos drogados — sabem que são eles mesmos os culpados; o povo perdoa os governantes — afinal, quem sou eu para castigar meu pai?; o doente pobre perdoa morrer ao relento — assim chega mais depressa ao céu; o roubado perdoa o ladrão — ele tem filhos com fome; a família perdoa o assassino, sangue do meu sangue e a sociedade também, afinal somos todos irmãos. Os iguais perdoam os iguais: médico não denuncia colega, edil não cassa vereador, tiras não prendem criminosos. E eu, peço perdão aos meus professores, pais e amigos, que não souberam me ensinar a vida e, assim, permitiram que fosse como sou. E os perdôo pois que também não sabem como ela é".

Ficou, ainda, matutando se era conjunto do mesmo catálogo que, no trânsito, ninguém perdoa ninguém e que, evidentemente, o pobre não perdoa o rico. Deixou para resolver depois.

Marília estava em dúvida sobre se deveria reler o que tinha escrito, suspeitava que nada a ver com sua proposta inicial, quando tocou o telefone. Resolveu perdoar a intromissão da máquina. Atendeu ao chamado da vizinha, tinham sido assaltados. Mas assim, durante o dia, de manhã!? Correu lá, pena que não sou jornalista, ia dar um furo.

Impublicável o que ouviu. A cena poderia ser descrita, não indignaria ninguém: "A casa revirada, as gavetas atiradas ao chão, tudo de valor carregado no carro que enfiaram na garagem. Eram dois os ladrões, um fazia a limpeza, enquanto o outro mantinha o revólver no ouvido do Sr. Marcelo Noronha. Indiferente ao pânico, o bandido ficou contando estórias e participou que acabava de ser pai pela terceira vez".

O demais, sim, ficou como *causo* a ser contado. Trêmulo ainda, o Sr. Marcelo, rindo e chorando, repetia as palavras do seu algoz: "Vivo de assalto, é uma profissão como qualquer outra. Aqui no Brasil, todo mundo rouba, o Sarney rouba, então roubo também".

Marília nunca terminou seu livro, pois passou a sofrer de ânsia de vômito, gastava o tempo indo a médicos e fazendo exames de laboratório. As coisas pioraram a partir daquele dia, num táxi. "Olha só, deviam proibir fusca de andar na rua, são uns barbeiros, puta carro mole e eles se metem na frente da gente, tenho vontade de enforcar essa gente!" E dizia mais, o motorista, cara educado, simpático, "tem é que fazer uma limpeza geral, eu mandava metade desse povo pra cadeira elétrica, tudo ladrão, aquele trombadinha ali na esquina. Pra mim, do governo, não sobrava um!" Esse não conhece o Freud, admirou-se Marília. E ainda ouviu do competente profissional que, na casa dele, se a mulher gastasse um centavo a mais, levava dois safanões que era pra aprender.

Com a maior urgência, Marília passou a escrever pequenos contos românticos, inspirados nas músicas de Roberto Carlos, ganhou algum dinheiro, mandou colocar grades altas e pontudas no muro da frente, trancas, ferrolhos e cadeados em todas as portas e janelas, passou a sofrer de falta de ar. Desistiu dos médicos e, ao se deitar, ajoelhava-se ao lado da cama, abatida abatida, prostrava a cabeça entre as mãos e tentava se lembrar em qual Bíblia estava escrito que ladrão que rouba ladrão tem cem anos de perdão.

13
Diário

> *Quero buzinar meu calhambeque,*
> *trim – tirim – tim – tim – trim.*

Trriim   Alô. Olha, não tenho uma resposta agora. Mas se ainda nem acordei, que horas são? Difícil pagar esse salário, é muito dinheiro, preciso falar com o meu marido. O senhor liga mais tarde.
Trriim   Alô. Quem? Não é aqui não.
37-1880   É a terceira vez esta semana, quantas vezes preciso ligar, o senhor vai ou não mandar buscar a roupa. Não me interessa, aí falta menino, aqui falta empregada. Hoje sem falta.
65-7878   Mas, meu amor, ele já ligou pra cá, tem dó, eu sei que ganho mixaria, mas ele é bom trabalhador, então que vale, vale, agora se a gente não tem, ele que vá procurar outro serviço, tá certo, mas a gente tem de dar uma resposta. Azar nosso.
282-5576   Bom dia. Eu queria fazer o pedido de carne. O senhor me manda antes do almoço, por favor?
Trriim   Alô. Nossa, caiu da cama? Brincadeirinha. Podemos falar daqui a pouco?, ainda nem escovei os dentes. Então, depois eu procuro no livro de receitas. Não sei, não sei, acho que é um quilo e meio,

depois eu vejo, pois é, eu soube, sim, loucura né?, gêmeos, imagina. Tá bom, lindinha. Tá. Um beijo, tchau. Quem? Ah, já saiu, ela tinha médico logo cedo. Um beijo, tchau. Não, filha, claro que adoro conversar com você. Um beijo, tchau. É pra hoje, sim, tenho de entregar às duas horas. A gente se fala. É, depois. Um beijo, tchau!

31-3100   Aí tem serviço de mata-cupim?

Trriim   Alô. Estou no telefone do quarto. Na mesa da sala? Onde, no gavetão? Espera que vou buscar. Gostaria que você perdesse essa mania de esquecer a agenda, é 544-9080. Ainda nem tomei café, menina. Estou ofegante porque fui correndo, na última página... do Nuno... é 212-9914. De nada, meu bem. Um beijo, tchau, tchau.

Trriim. Trriim. Trriim. Trriim.

Alô. Quer falar com quem? A Cida foi à feira. Olha, quer falar logo, por favor, estou muito ocupada. Qual Josefina? A faxineira?... Ahh, a Fina! Claro que sei. Puxa, há quanto tempo! Você não tinha voltado pra Bahia? Outro nenê? Bom, parabéns, então. Vai dar o nenê? Pelo amor de Deus! Se *eu* quero??

Trriim   Alô. Fala, filhota. Eu dei o Nuno errado? Não é possível, quantos Nunos existem? Eu te dei o da última página, ah, *não* é o da última página, tá, então é... escuta, você não está no médico?, eu disse pra tua irmã que, ah, foi fazer um parto, toma nota, é 772-9885. Como não existe, tá escrito aqui. Ouça, tenho de entregar a minha crônica às duas horas, ainda não consegui sentar à máquina, vai ver a telefônica criou uma linha nova, não estou nervosa, um beijo, tchau, volta logo. O quê? Eu

Diário

	marcar pra amanhã? Não dá, amanhã tenho oculista. Só se for depois das duas. Tá bom, ligo, marco, tá. Mariana às quatro, tá.
853-1429	É sobre o cheque, que esqueci de escrever "novos". Tá bom, então você me manda, que cancelo e te envio um outro. Não? Te envio um novo e você me devolve o velho? Não, melhor o contrário. Não tenho portador. *Eu* ir aí?
256-0078	Por favor, a Joana? Será que ela demora pra chegar? Toma nota de um recado então, por favor, pra ela ligar pra Marília... como hoje não telefona pra ninguém? Posso saber com quem estou falando?
63-6567	Cybele, preciso cancelar minha hora com você. Semana que vem, tá? Eu sei que não posso faltar... Mas hoje não vai dar...
826-9687	É do depósito de bebidas? Desculpe, é engano.
826-9687	É do depósito? O senhor quer anotar um pedido, por favor? Mas antes eu queria saber os preços.
256-0078	Nhé, nhé, nhé, nhé, nhé.
256-0078	Nhé, nhé, nhé.
256-0079	Posso lhe pedir um favor, um grande favor? Preciso falar urgente com a Joana, no 0078, e só dá ocupado, é muito urgente, sabe, tem a ver com o fechamento da revista hoje. Por favor, peça pra ela ligar para 228-1054, falar com Marília. Como hoje não dá recado? Não dá um jeitinho?
Trriim	Alô. Olha, agora não posso falar, estou esperando um telefonema urgente. Que sofá!? Por quanto tempo? Ah, não dá, e onde que a gente vai se sentar? Desculpe, adoro teatro, mas tirar o móvel da minha casa, sabe, tem mais gente aqui, não depende só de mim.

Trriim	Alô. Foi à feira. Liga mais tarde, tá?
833-1323	A Dona Mariana, por favor? Olha, eu queria marcar uma reunião com ela amanhã às dezesseis horas. Não, não dá pra eu ligar depois do meio-dia, será que você não pode resolver isso? É, anota, qualquer dúvida você me telefona, tá bom?
Trriim. Trriim. Trriim. Trriim. Trriim. Trriim. Trriim.	
	Alô! Alô!! Maldito! Alô!! Ai, aposto como era a Joana.
256-0078	Nhé, nhé, nhé.
256-0078	Nhé, Nhé.
Trriim	Alô. Não, aqui não é da imobiliária,
Trriim	Alô. Ela. Isso, amanhã. Como não pode de manhã? Mas foi a senhora que me marcou às dez horas, sujeito à espera. Só às quinze, sujeito à espera? Sei. Deixa ver. Não, não cancela, não, eu já não enxergo mais nada, vou às quinze horas. Vou, sim.
Trriim	Alô. Ah... como vai a... senhora? Ele vai bem. Já... já foi para o escritório... faz tempo... Pois é... É uma correria. Pneumonia?, coitada... Mas ela vai sarar logo... A senhora vai ver, hoje a medicina... Não, não assisti, a senhora gostou? Puxa... que bom... Não, eu já acordei faz tempo, que que é isso...
Trriim	Alô, é a Joana? Ah, é você de novo. Sei lá se esse telefone vive ocupado... Marquei, sim. Marquei, mas agora precisa desmarcar. Meu oculista mudou meu horário, que posso fazer. Olha, agora liga você pra Mariana e muda pra outro dia, por favor, eu não posso. Ai, caraíbas, má vontade coisa nenhuma, eu preciso escrever e não consigo! Pois já não liguei?
256-0078	Nhé, nhé, nhé, nhé, nhé.
Trriim	Não acredito, alô, é a Joana? Não, *aqui* não é Joana, *aqui* é Marília. Não está, foi à feira.

Diário

33-5634	Um técnico para consertar a geladeira.
659-0883	Eu queria encomendar um bolo de chocolate, e uma musse. Pra amanhã não dá mais?, sei, só com uma semana de antecedência? Puxa... Será que não dá um jeitinho?
228-7432	Tem um vazamento no teto do meu banheiro, mas vem do seu apartamento, então eu queria saber se a senhora está disposta a arcar com a despesa do conserto. Sabe, eu acho justo, eu fico com a sujeira e a dor de cabeça.
Trriim	Alô. Ah, falei com meu marido, não podemos pagar tudo isso, acho melhor o senhor procurar um emprego com o salário que merece... Sinto muito. Mesmo.
Trriim	Alô. Não posso falar... Já não pedi pra você não ligar aqui pra casa? Gosto, mas não posso falar.
Trriim	Alô. NÃO! Aqui NÃO é da imobiliária.
Trriim	Alô. Ooi, minha amiga querida. Há quanto tempo... Tudo bem? Não? Ah... Sei... Sei... Ah... Puxa... É?... Ah... Ai, ai... Sei... Ah... Ah... Xi... Ah... Nem sei o que dizer... Ah... Puxa vida. Pois é... Eu? Agora eu tô boa. Acabo de tomar um Valium.
Trriim	Alô. Ela mesma, Joana? Desculpe, pensei que fosse uma outra pessoa. Eu já ajudo muitas instituições, não estou interessada. Mas eu já disse: não-estou-interessada!
256-0078	Nhé, nhé.
256-0078	Nhé.
Trriim	Alô, só falo se for a Joana, caso contrário desligo. Sérgio!! Você voltou? Nossa, aonde é que você está? Não posso, toma um táxi. Como não estou trabalhando? Só porque estou em casa?

Trriim	Alô. Marília. 228-1054. Aqui é residência particular. Não, aqui não vende apartamento nenhum, lá é 226, oh, senhor, 22MEIA-l0... tá?
Trriim. Trriim	
	Alô. Marília. 22OITO-1054!
Trriim. Trriim. Trriim.	
	Alô. Ela mesma. Ai, que sorte! Com quem estou falando? Pois não, Dr. Antônio, só Antônio, tá. Sabe que estou tentando falar com a Joana desde hoje de manhã? Não! Está pronta, quase pronta, faltam umas linhazinhas só, é, isso, justamente isso, ah, ah, às três estou aí. Quer dizer, às duas. Dá tempo, sim, fica tranqüilo. Claro! Sabe, eu precisava muito falar com a Joana, será que. Ah, é em outro andar.
226-1054	É da Imobiliária Camargo? Ouça, senhorita, quero falar imediatamente com o gerente. Como é o seu nome? Sr. Osório, há mais de dois anos que o telefone toca o dia *INTEIRO* na minha casa, e eu tenho que ficar dando o número correto para os seus clientes, faça o imenso favor de colocar o número do telefone dessa imobiliária bem grande e bem claro nos seus anúncios!
2ll-3576	Vá tomar banho, não falo com maquininha. Saco!
Trriim. Trriim. Trriim.	
	Alô. Cida! Onde você está?? Feira até agora? Quebrou a rodinha... sei... Mas já é tão tarde, como é possível? Então toma um táxi! Como gastou tudo?
Trriim	Alô. Marília. É, a Dona Marília. Não acredito. Você tem certeza de que ele tocou a campainha direito? Mas se nem saí de casa! Como não manda mais? Mas olha aqui. Tá bem, você é que sabe, vou mudar de açougue, viu?

Diário

Trriim. Trriim. Trriim. Trriim. Trriim. Trriim. Trriim. Trriim. Aqui é da residência dos Santos Moreira, não tem ninguém em casa, nem mãe nem pai, não é da imobiliária nem de lugar nenhum, a Cida não voltou da feira:... Joana!! Ah, querida! Você caiu do céu! Não, não está quebrado... Não fiquei pinel coisa nenhuma. Acho que não. Mas olha. O quê? Que horas? Não, eu já estava saindo, mas sabe o que é, ai, minha amiga, hoje não deu...Você precisa quebrar esse galho pra mim, pelo amor de Deus, segura aí pra eu entregar a minha crônica amanhã, juro que... Como não adianta mais, vai sair a melhor crônica que eu já fiz, então já vou, tomo um táxi, em dez minutos estou aí, no máximo em uma hora. Quem? No meu lugar?? Não conheço, mas aposto como ele não precisa fazer feira.

Gestação

> *Sensual, linda, gostosa... a dos outros.*
> *A minha, plena — na barriga.*

Cabeça muito louca. Tinha de parir, mas não paria. Num momento de luz e de coragem, telefonou.
— Dra. Ana, preciso dar à luz, mas não tenho coragem.
Marcaram um encontro semanal, que essas coisas não se resolvem assim de pronto. Ana foi logo dizendo:
— Não sou doutora coisa nenhuma. Só Ana.
— Se conseguir fazer com que eu desentupa, será mais que qualquer título, tem razão. Então vamos lá. Está quase pronto. É o meu enxoval. Já fiz todos os casaquinhos... — e Marília foi abrindo uma imensa mala. — Está uma bagunça, reconheço.
 Misturavam-se ali peças prontas, frases feitas, carretéis de linha, agulhas e tesouras de vários tamanhos, tessituras, rascunhos preguiçosos, várias peças de *tricot* ainda enfiadas nas agulhas, centenas de novelos de cores esdrúxulas, brinquedinhos, carrinhos, fraldas, galhos secos de ervas fedidas, catálogos de produtos cirúrgicos, de remédios, de computadores e as estórias sobre essas e outras temáticas, crônicas

sobre câncer, trânsito, vampirismo, barbas-azuis e outras mais apenas esboçadas, manuais, recortes de artigos. Havia ainda um par de sapatinhos de lã, doze chupetas, uma mamadeira e quatro listas telefônicas, ali assinaladas todas as agências de emprego para resolver o problema de babá. E um pequeno frasco, lacrado, muito bem embrulhado.

Ana previu que sua tarefa seria complexa. A prática, porém, lhe ditou o primeiro passo:

— Está bem, Marília. Agora feche isso daí...

— Como? Sem o enxoval, meu bebê não pode nascer — e Marília se pôs a agarrar cada peça, cada coisinha e a querer juntar tudo dentro dos braços —, isso é tudo que tenho, é...

Em todos os sentidos, aquele ia ser um parto difícil. Ana agarrou Marília pelos dois braços, com firmeza. Assustada, a possível futura mamãe estacou. Ana aproveitou a brecha, entrou:

— Ouça, tudo isso está muito bem — e sacudia um conto que Marília presumia acabado. — Tem coisas ótimas aí. Não me interrompa, por favor.

Marília já estava abrindo a boca, simulou um bocejo e começou a acomodar a bagagem. Em silêncio.

— Agora, feche a mala, quero lhe fazer algumas perguntas.

Ah, isso não, se eu fechar, meu bebê não nasce. Sentindo, no entanto, que a outra estava ali muito efetiva, começou a ordenar coisa com coisa, mesmo porque a mala não fechava. Compenetrada, custou a perceber que o silêncio se alongara. Procurou os olhos de Ana. Frios. Deu um sorriso, baixou a tampa da mala. Esperou.

— Há quantas semanas dura a gestação?

— Bem, acho que perdi a conta. Posso responder que já faz alguns anos. Sabe, Ana, era tão melhor antigamente, quando era Deus que decidia.

— Estou interessada na tua pessoa e nos teus rebentos. É disso que devemos falar.

Gestação

— Mas é horrível, eu, eu não agüento, eu é que tenho de decidir, sabe, nunca acho que esteja pronto, que eu esteja pronta! Olha, quer ver uma coisa? — e Marília atacou a mala para uma busca frenética. Ao procurar, desarrumava. Não achava. O velho pânico veio à tona. A sensação horrível de ter perdido a cabeça. — Eu juro, juro que deixei aqui, isso me mata. Ana... doutora... me ajude, como é possível uma coisa dessas? Sei que separei, sei que guardei, aqui, estou vendo diante dos meus olhos... e agora não está?!

Marília não conseguia conter o desespero. A sensação de falecimento de uma parte de seu ser, ter sido, ter tido e o desvanecimento inexplicável. Ana tinha de compreender que seu problema era muito grave:

— Não é a primeira vez, não. Mil vezes já me aconteceu isso. Percebo algo, quando vou registrar — sumiu. Então olho pra minha barriga e acho que ela só cresce de vento. Mas não é isso que queria dizer. É...

Ana sorriu. Rapidamente tomou conta da situação:

— É o caos, é natural, não pense que o fluxo é contínuo. Fica tranqüila, que vai tudo muito bem. Você faz um gênero interessante.

Nesse momento, um baque contra o vidro da janela e uma penugem que, flutuando, rapidamente desapareceu. Um grito de Marília e Ana dizendo que não era nada, nada mais que um passarinho.

— Achei! Achei! — e Marília saltitava.

— Você viu o passarinho?

— Viu?, viu?, eu sabia que estava aqui. — Vitoriosa, Marília extraiu da mala um saco plástico e, frenética, o escarafunchava. Só então se deu conta de que Ana havia dito alguma coisa. — Passarinho? Não, não. É a coleção de sapatinhos, tem de todas as cores.

Ana já sentia cansaço da demonstração repetitiva e não se supreendeu quando, do saco, Marília conseguiu extrair apenas duas folhas de papel e nem quando a outra desandou a jurar que tinha certeza de que ali havia colocado tudo e em perfeita ordem.

Marília foi até a janela, parou, olhou. Deu um suspiro fundo. Tinha sido bom, tudo é bom. Mas, agora, grande parte dos conteúdos da mala e de outros baús tiveram de ser atirados ao rio, exorcisados. Adeus, chorou Marília. O que sobrou cabia numa boceta. O frasco lacrado ela escondeu dentro do *soutien*.

— Estou assustada, Ana. Tão vazia. Tão leve.

O que estranhou, de fato, foi a ausência de dilaceramento. Seria tudo muito simples? Não podia ser, dependia do terceiro olho.

Na procura da ordem, Marília dedicou-se ao bordado. Apaixonou-se pela elaboração meticulosa, contava os fios, não saía da linha. Para ouvir da outra:

— Bonitinho. Superficial. Não adianta querer enfeitar o nenê, se não tiver nenê.

Queria morrer de desgosto, o que essa maldita fizera ao seu produto? Começar tudo de novo? Impossível!

Passou a perseguir a imagem do passarinho, aquele de que Ana falara. Entender o acontecimento da vidraça. Por que aquele acaso? E se enrodilhou num novelo ao tentar descobrir se tinha sido por esforço pessoal que engravidara ou se ali estava presente algum desígnio divino. A tesoura de Ana foi implacável. Marília quis recorrer ao vidrinho lacrado, termino com a minha miséria e vou ser uma pessoa como as outras. Nada como ter o direito de mofar diante da televisão.

Decidiu, abandono Ana, sou como sou. Foi quando, ao coçar o ventre, descobriu uma solidez, um bojudo. Animou-se. Ouviu Ana.

Gestação

Com senso de humor, superou o fato de que os amigos a olhavam sob o prisma da visão que misturava sua obra com sua própria pessoa e passou a procurar o simples essencial: lixou as unhas, cortou os cabelos, tirou os óculos. Ainda assim, Ana queria mais, que ela comesse palavras, frases inteiras. A reação de Marília foi violenta:

— Isso vai me dar indigestão, vai fermentar tudo aqui dentro. Jamais. Fica como está.

— Você é que sabe — ponderou sabiamente a outra. — Tem gente que gosta de... com três braços...

Seria demais dizer que Marília passou a sonhar com pequenos monstros? Debateu-se, insistindo que não estava na fase de engolir :

—Eu sei, eu sinto, eu já te disse, preciso expelir, olha só como estou cheia.

Diante do irredutível, não teve outro recurso senão concentrar-se ali, no umbigo. Nada mais lhe restava. "Eu comigo. E meus bebês." E com o poderoso fantasma de Ana, espuma gasosa que aderira à sua nuca.

Medrosa ainda com a perspectiva do parto, não se conformava com que determinar a data dependesse da sua vontade.

— Nunca vou chegar lá — chorou para Ana. — E voltou a desejar que tudo fosse como antigamente, quando a gente punha e Deus dispunha, apenas se contavam as luas e o tempo era igual para todos.

Quis desistir. Lembrou-se então de um professor que dizia: "Se parar no meio, vai ficar com dor de cabeça". Não, cogitou, nada que faça mal aos que dependem de mim. Uma coisa puxa outra, quantas lembranças! Algumas serviram.

Sem milagres, calejada, Marília, um belo dia, tocou a campainha. Ana veio abrir. Marília botou um ovo.

Por Enquanto

> *Estamos todos contra o espírito de César!*
> *Nobres amigos, cortemo-lo em pedaços*
> *como prato para os deuses, em vez de*
> *mutilá-lo como carcaça própria para cães.*
> Shakespeare

São Paulo, 11 de outubro de 1989.

Minha querida amiga P.,

Lembra de quando a gente estudava em grupo e curtia aqueles autores que só escreviam "meu caro G", "querida F", ou "o caso JK"? Era o tempo do fogo no rabo, lembra?
 "P" é massa, minha querida. E "P" me diz tudo de você.
p de puta
p de pura
p de passada
p de panaca
p de parcial
p de pirada
p de paranóica
p de preconceituosa
p de primitiva
p de pusilânime
p de parada...

E olha, te juro que não olhei no dicionário, o teu retrato veio assim, pá, pá, pá. Você me contou que está numa fossa doida e com a depressão mais dolorida de todas as que já teve, está até com medo de pirar. Não, não precisa ter medo de pirar, não. Você já pirou. Pirou porque continua teimosa, sendo a mesma. Acho que vou falar com você sobre o absolutismo do desejo... pelo menos um desses itens já saiu de moda — o outro é relativo... Há quarenta anos que você bate na mesma, mesmíssima tecla. Toim, toim, toim, toim, você não acha que essa música já encheu? Até o samba de uma nota só do Jobim teve o seu tempo, foi sucesso, hoje virou história.

— Puxa, que grossa, hem, Gilda. Essa é uma bela coleção de ofensas. Você, que sempre cuidou tanto de mim... Você! Minha grande amiga...

Sei que estou mexendo num vespeiro, mas minha imaginação não me engana. Ouço até a tua voz, suave, mas não tanto que não me deixe perceber o furor, a...

— Estou indignada!

...a indignação, é isso mesmo que eu quero dizer. Mas fica calma, o recado que tenho para te dar é importante, é só uma cartinha boa, boa para você, me deixa escrever, tá?

— Não posso, Gilda, não posso. Nunca fui tratada com tanta grosseria.

Enquanto ficar com subterfúgios, você me empurra longe. Me impede de pegar na tua mão. Olha, eu sei que dói horrores, mas não sei ser amiga de outro jeito — e minha voz até sai macia quando digo isso. Senão você nunca vai saber. Eu não digo as coisas para machucar, eu...

— Depois dessa só me resta o suicídio. Menos mal que você me considera pura, mas isto é muito pouco para eu me salvar. —

P. enviesa a cabeça, dilata as narinas, comprime os lábios e, na hora em que já pensei que ia me virar um tapa na cara, pergunta, articulando cada palavra com a maior dureza: — Ou "pura" também é defeito?

— É, é defeito, sim — grito. Tudo o que é puro não é natural, tem de ter uma sujeirinha, tá sabendo? Pura insistência, pura renitência...

P. vem sentar-se ao meu lado, agora já um pouco calma demais, e questiona:

— E você, Gilda, você não tem defeitos?

— É panaca mesmo. Não estou falando de mim — respondo no mesmo tom articulado. — Estou falando de você, e toda pessoa que não tem capacidade pra ouvir falar de si mesma é panaca! Quero dizer... é... é parcial, isso mesmo, é a que escuta com um ouvido só.

Levo a costureira à Singer para aprender como se costura no novo modelo de máquina e já volto. Cinqüenta minutos perdidos. Aliás, mais, muito mais. É todo um fio perdido. Mas é bom. Você se foi, P. Tchau mesmo. Estou livre. Livre para escrever a carta que eu quiser, como quiser. Retomo.

P. querida. Eu me pergunto: Quantas depressões assim você já teve?

— Como essa, nenhuma. As outras tiveram...

— Não. Assim não dá. Outra vez as tuas justificativas. Se você não sair daqui já, já, eu disse já, vou ser obrigada a usar o chicote. Pronto, olha aí um defeito meu, viu como é fácil?, sou uma pessoa direta e clara...

O que quero dizer é que, a toda circunstância grave na tua vida, você reage igual. E que quer dizer igual?

— Já sei, quer dizer...

— Não te perguntei. Pergunto pra mim, eu mesma respondo. Retomo.

Você reage dizendo "não brinco mais". Você se exclui...
— Fico quieta comigo mesma.

se imobiliza. Pusilânime. (Outro dia descobri que essa palavra, esse tipo de complacência é fruto do medo... quem diria!) E alega que precisa curtir tudo da depressão, mas tudo, para, depois de ter ido até o fundo, emergir purificada, nova, pronta para recomeçar. Acho que está certo, assumir. Até aí, tudo bem. Mas até aí. Tuas depressões duram seis meses! Para começar, a gente não te vê emergir com novas energias, pelo contrário, vejo é uma letargia da impossibilidade, quando chega de volta da tua tão longa viagem, o trem já passou, a água já correu, e esse mundo que não muda nada já está te dando outros tempos. A pergunta que te faço é: "O que você ganhou com isso?"
— Ah, que pergunta mais utilitária. A gente não faz para ganhar. Eu sou uma pessoa boa, quero ser tratada como mereço. É uma questão de justiça.
— Aí é que tá. É incongruente, você vai me dizer, mas tem uma coisa que eu sei: toda vez que a gente se sente injustiçada, a gente entra pelo cano.
— Você está sendo injusta comigo.
— Viu?, dois, três, quatro, cinco... some daqui!

Logicamente que só perdeu. Perdeu tempo, vida, ânimo, perdeu brilho nos olhos, perdeu. Então, perceba que a sua estratégia está servindo ao exército inimigo. Sabe como é esse negócio que a gente faz pra ganhar e só perde? É complicado. Não vou saber como te...
— Já conheço o teu discurso. Você vai me dizer que, na vida, a pessoa nunca deve esperar receber, que não tenho crédito. Quer dizer que não mereço nada, é?

Tem algo que você quer muito, vamos ver, deixe-me lembrar, ah, que alguém como você sonha te ame como você deseja. (Nós duas já sabemos que isso é pra lá de fantasia.) Bom, então serve o fato de que você quer ser pintora, até já pintou, já expôs e não deu muito certo. (Ora, veja só, mais uma! P. de pintora.) A obra não era boa (digamos que não era o que os outros esperavam) e o que você mais aspira é justamente pintar — e ter sucesso, é claro. Mas não tem, então não pinta! O que a gente vê é que você faz as coisas de tal modo que o que você obtém é o oposto daquilo que ah, mas isso eu já disse.

Vem, me responde agora, vem! Só você é que não vê Não me deixa aqui sozinha, vem, que senão eu continuo. Está bem. Prossigo.

Você se lembra quando a gente curtia aquela mania de "exército interior"? A gente até fazia exercícios de treinamento, tentando conhecer os (no mínimo) dois exércitos que cada um tem dentro de si. Um, que luta a nosso favor (mas que a gente nem sempre gosta muito) e o outro, gostoso, insinuante, malandro, que é tirano e traidor, lembra? E o que estou vendo é que você se esqueceu de que o exército que é teu amigo fica, a cada depressão, com menos soldados. E, antes que perceba, você se torna uma cidadela tomada, habitada pela radicalização da infelicidade. E somente tem um desejo: morrer.

— Ai, hoje estou tão cansada... e você me vem com esse papo de exército. Qual é?

— Ora, ora, apareceu a margarida! Quer dizer, é um batalhão mesmo, eta defesa inexpugnável. Xô, inimigo, xô!

Espero que fique exausta de tanto fugir de si mesma — pena que sinta o contrário — na ilusão de que mergulha no abismo para se encontrar. Foi você quem me ensinou que, quando se chega ao Hades, deve-se recusar todos os seus banquetes e

limitar-se a uma fatia de pão. E dali deve-se regressar imediatamente. É aí que te vejo pusilânime, esborrachada no engano da hospitalidade do inferno.
A idéia que tenho dessa luta é que, com a nossa cabeça racional — a inteligência é dom para ser usado — a gente ponha em ação o exército da contrariedade — isso mesmo —, aquele que é contra o nosso hábito e contra a nossa vontade máxima, aquele que arranca a gente de nós mesmas, na hora e na vez em que ele se torna necessário. É maluco? Ouça, então, aquela música do Chico, caramba, esqueci como é...
— Devagar não se vai longe...?

acho que é... um negócio de que devagar não se vai longe... eu sou o contrário de mim, disse um sábio, o hábito é um assassino, disse o Beckett. Não me pergunte sobre o teu verdadeiro *eu*, porque se fosse assim tão fácil, *eu* mesma estaria numa boa. Já que é um buraco branco, como diz o Pedro, melhor não enchê-lo com... você sabe o quê. Pelo menos, não definitivamente.
Não é sim, e sim é não, disse a Célia. Se você, que odeia telefone, me telefonar hoje, 13 de outubro de 1990, provará que é uma puta de si mesma, único possível exercício para obter o que deseja e não tem.
E, se assim for, na próxima carta te chamarei de querida... Querida S. S de sobrepor-se. S de sucesso, de sorte, de sensibilidade, de sofreguidão, de simpatia por que não, de saudade até, silenciosa e safada, sublime sacana, serendipitosa.

Alô! Alô??

Com amizade, da sua amiga Gilda.

16
Pílula

> *Rosalina, a mulher que dava em cada esquina. Uma filharada... abandonada. Pai?*

São 17:10 horas devo me propor escrever durante meia hora a intenção é fazer a mão acompanhar o fluxo do pensamento imediatamente a cabeça deixa de funcionar e não pensa mais nada vamos lá cérebro desgraçado vê se me ajuda não dá uma de teimoso talvez me desabafar talvez eu pensar em algo que acaba de ocorrer apenas tomei chá ou então escrever as palavras que são o nome das coisas que estão ao meu redor vejo uma grande bagunça melhor olhar para o ar hoje venta demais e não é que acaba de cair uma peninha cinzenta no visor do meu computador? Isso me lembra uma estória... Gestação... então vou falar do que pode ser uma ponta de lá da mesma meada... ou Joana, minha cozinheira e minha amiga, que, outro dia, me contava que arrumou um namorado legal, pintor, sujeito responsável. De quadros? Não, de paredes, já aproveitei para perguntar se faria para mim um servicinho extra de fim de semana. A resposta foi não, está tudo ocupado, confirmando assim que o cara era trabalhador. Gostei.

Precisei ir à farmácia e Joana disse que iria comigo. Não

precisa, você está fazendo o almoço, me diz o que quer, eu compro. Quando insistiu vou junto, já desconfiei. E, de fato, discretamente comprou suas pílulas anticoncepcionais. Sem consultar um médico? E sofrendo de pressão alta? Olha o perigo...

    Foi então que me contou que já fazia três anos que não transava com ninguém, agora que gostava do namorado e que estava tudo dando certo, precisava tomar a pílula. E comentou com evidente desgosto:

    — Que azar, né, bem agora...

    Fiquei meio sem ter o que dizer, o azar que se mete na vida de tantas mulheres e que assume várias formas, desde o azar de engravidar logo na primeira (e muitas vezes única), ou o azar da moda que é o de nem engravidar, nem transar, nem nada — por medo. Nada se tem a dizer quando o outro tem razão... Eu já conhecia a história dos abortos de Joana, só no tempo em que trabalhava comigo havia feito dois, sei lá em que fundo de quintal, oprimida, deprimida.

    Difícil a decisão para o problema dela, que não podia se resumir ao "transar ou não transar, eis a questão". Um dia aí eu já tinha sacado que essa é uma colocação errada porque na vida o 8 ou 80 não funciona. Às vezes é 27, tem dia que é 72, tem dia que é nada, ou é 14, ou 63, pode ser tudo ao mesmo tempo. Joana não havia parado de falar e eu como de costume às voltas com os meus números.

    — ... então acho que não vale mesmo a pena — e lá estava ela, chorando.

    — Não vale a pena o quê? Tomar a pílula? Desculpe, eu estava distraída, fazendo umas contas.

    — Que conta, dos dias férteis?

    — Sim, sim, é isso mesmo. — Mulher parece que não tem outro assunto, e, de fato, pensei, por que não aplica a tabelinha, ela já aprendeu, e afinal insisti em saber o que, afinal, não valia a pena.

Pílula

— É que ele bebe. Eu ando um pouco desanimada com isso. Não suporto esses caras que perdem a cabeça, acho mais que vou dar o fora.

Concordei depressa. Cai fora, fica sossegada, não se mete com beberrões, não toma a pílula, não fica com dor de cabeça, não gasta dinheiro, não corre nenhum risco e não enche. Parece que o 8 aqui vai muito bem. Nem consigo imaginar como seria o 80. Perdão, é que já ajudei tanta jovem a fazer aborto escondido da mãe e, às, vezes, até escondido de mim mesma. Não dava outra, quando as amigas de minha filha vinham me perguntar se podiam dormir na minha casa "quarta-feira", tudo bem?, quem não dormia era eu...

Joana montou um esquema para não atender o telefone. O meu plantão tornou-se permanente: "Não trabalha mais aqui". E, chorando, falava sozinha pelos cantos, arrazoando que bêbado é homem para mulher nenhuma.

Ligava para as amigas, ou comigo, a cada encontro em qualquer lugar da casa, insistia:

— Não sou mulher de ficar presa nas calças de um sujeito. Quero ter o meu direito de fazer o que gosto na hora que quero, visitar minha família, ir ao cinema, até namorar outro.

Ríamos para não chorar, cadê o "outro"?

— Que existe, existe, não digo que esteja sobrando, mas é só querer que a gente acha.

Admirei sua tranqüilidade, duvidei muito, as uvas estão verdes e ela foi passar o domingo na casa da prima. Na cozinha — eu, claro, que folga é folga.

Fim da proposta, meia hora que durou meio ano.

17
Sapatos de Cristal

> — *Professora! Em vez de pesquisa,*
> *posso fazer um conto? Em vez*
> *de mulher, posso ser homem?*

Diana gastou o último lenço de papel. Espremeu o nariz, os olhos. Com um gesto de asco, foi lavar as mãos para eliminar o cheiro de cebola. Viu, no espelho, o nariz avermelhado e até que gostou da expressão: a cara era de choro. Riu com a descoberta, mas logo se refreou — nada deveria interferir na máscara de dor que havia conseguido. Ficou se olhando... Esse espelho está podre. Também, o Pedro não se decide, já falei pra ele, sustentar duas casas, não dá, não dá. Traidor, o problema dele não é esse, sei qual é a dele, tá me engrupindo. Quase chorou.

Cleusa. É isso, tenho de me concentrar em Cleusa, fazer *ela* chorar, droga. Cleusa é forte, chora uma vez só em toda a peça, só uma, e vale pelo choro de toda uma vida. "Ai, ai de mim, minha filha, minha boneca, quem roubou minha filhinha, meu anjo, minha luz, malditos, eu furo eles de faca, eles vão ver do que sou capaz, eu me vingo, acabo com esses malditos..." e Diana saiu berrando pelas quatro paredes do quarto, pronta a esfaquear o primeiro travesseiro. Viu-se destripando Pedro e gargalhando de prazer. Droga, eu tinha de chorar e estou rindo.

Fora longe demais, perdera o foco. Nada a ver com Pedro, que mania. Sou Cleusa ou não sou? Preciso chorar, raptaram minha filha, ah, já sei, o problema é do texto, claro, mal tenho tempo de sentir a dor e já estou falando de faca. Dramaturgo é foda, pensa que a gente é máquina, duas palavrinhas e a atriz já tem de se debulhar. Mas está certo, tem a situação, claro, já pensou, eu, como mãe, chego em casa e não encontro a minha filha, o pânico que dá? É, preciso fazer a pausa do buraco terrível que acontece em mim, quer dizer, nela.

Com pausa, sem pausa, Diana não conseguia — lágrima de jeito nenhum.

Mais tarde, no ensaio, relatou sua experiência:

— Não consegui. Eu queria chorar, chorar de verdade. Então, me fechei no quarto e comecei a elaborar. Primeiro, revi minha personagem, me chamo Cleusa, sou mãe solteira, trabalho num *dancing*, morro de fome e de raiva. Raiva até que senti, acho mais fácil — e fome não dava porque tinha acabado de almoçar —, e daí...

Nesse momento, Diana estacou. Seu olhar se perdeu no espaço, xi, está tudo errado, posso estar de barriga cheia mas assim mesmo lembrar de como é passar fome, é ronco no estômago, é infelicidade, é estar carente, mas a gente pode estar satisfeita e continuar com raiva, não, quer dizer, com fome, ai, que ódio, fiz tudo errado, e confessou:

— Até cebola usei. Foi um fracasso.

À noite, olhos esbugalhados no escuro, querendo ser Cleusa, Diana ruminava o mal-estar, a dor de barriga, as articulações desconjuntadas pelo dia seco. Era horrível a sensação de improdutividade. E ela não podia se dar a esse luxo, precisava caminhar alguns passos cada dia, poucos que fossem, mas que lhe dessem um pouco mais da substância de

Cleusa. Qualquer um chora, o Juca de Oliveira chora até em comédia, por que eu não consigo?

    Adormeceu revoltada com o diretor, com o elenco, todos uns idiotas, falei tanto, não me deram uma palavra de apoio, uma dica, o que querem de mim?

    Ignorantes. Foi o que se ouviu dizendo ao acordar, escuro ainda e mergulhada no sonho que tivera. Estava num lugar importante, um palácio, parece. Num quarto que era de hospital (havia um quarto de hospital montado num palácio?), estava o ministro, homem franzino e miudinho, convalescente de grave cirurgia. Achou graça ao lembrar que ali havia duas camas, as duas para uso do paciente. Em seguida, ela e alguns companheiros (quem?) estavam sendo servidos (na copa?) de um lauto almoço e por vários serviçais. O que lhe chamou a atenção foi que o verdadeiro banquete seria servido no salão ao lado onde conseguia ver que imensas mesas estavam sendo preparadas, luxo, toalhas de renda. Foi então que percebeu que sua categoria era de "gente menor" e que os convidados importantes é que desfrutariam do salão social e da companhia dos "donos". No entanto, não se perturbou com essa idéia, pois tinha a noção clara de que estava naquele palácio como penetra.

    Virou-se na cama, curtindo a sensação do sonho. Fazia tempo que não sonhava e... espera um pouco, lembrou-se de mais um pedaço. Ela estava ainda, "naquelas terras", comprando sapatos. Tinha encontrado um par do seu gosto e que se encaixava nas suas necessidades. Fechados, de camurça e sola de borracha, um pouco grosseiros, é verdade, mas parecendo tão confortáveis. Notou que eram sapatos de homem e receou que ficassem desconjuntados em seus pés.

    Muito bem, e agora? Acendeu a luz, que merda acordar no meio da noite, espera aí, a essa hora Cleusa deve estar chegando em casa e se preparando para dormir. Deve estar exausta. Será que triste? Diana foi até a porta e se viu Cleusa entrando no quarto. Fedendo a cigarro, álcool e perfume barato. Lembrou-se daquele gordo suarento que a agarrava e conseguiu ter um espasmo de náusea. Melhor tomar um banho. Não, não. Não posso perder essa sensação. Sapatos, sim, melhor tirar que os pés estão em fogo. Sapatos! Como era o sapato do sonho? Nada a ver, que curioso, sempre sonhei que comprava sapatos delicados, de salto alto, enfeitados — tipo dos que Cleusa usa para trabalhar, tipo. E o que quer dizer eu sonhar agora com aquelas botinas? Mas não é isso que quero pensar, não agora, agora tiro o uniforme de dançarina profissional e jogo um para cada lado.

Ignorantes. Quem mesmo? Ah, esses grosseiros que ficam se colando no meu corpo, o pau tentando ficar duro, Madame la Marquise me chama o João, odeio. E ele vai acabar me assassinando, no fim. Não, mas hoje ainda não sei, hoje penso que posso até me apaixonar por ele. É um bom homem. Trambiqueiro, mas tem coração. Conversa, ele tá querendo é me levar pra cama.

— Minha pantera, a gente sai daqui e te levo pro meu apê.

—Nem pensar, cara. Desiste que você já passou da medida.

— Ah, gatinha, eu tiro você dessa vida, isso daqui não é trabalho pra uma guria como tu.

— É? E me põe pra trabalhar pra você?

— Mas que pensamento... Eu sei que tu é mulher direita, sou amarrado na tua...

— Claro que sou direita, cara, não existe mulher torta, tá ouvindo? Torto é você que freqüenta isto daqui. Não tem vergonha de pagar pra...

— Ah, Madame la Marquise, tu vê se não provoca. Tu não entende que pago só pra estar contigo?

— Ah, João, assim...

Cleusa ensaia uns passos de bolero. Sente que gosta dos braços de João. Pedro não. Seco. Macho idiota. Não se define. João. João. Vem, João. O corpo se torna sensual, os cabelos longos ondulam, a vagina quente, abre-se uma roda em torno desse par maravilhoso, Prêmio Molière de Melhor Atriz, ah Paris, uma multidão no aeroporto, flores, aplausos, idiota! Imbecil! Olha o que fiz! Quase chorou de raiva. Perdera Cleusa novamente. Mas pilhou-se alegre com o úmido dos olhos.

Diana abriu a porta do guarda-roupa e examinou ao espelho as bolsas que se formavam embaixo dos olhos. Chorona. É o que sempre tinha sido. E agora, será que nunca mais vou conseguir chorar? Coisa de louco, claro que, na primeira, eu desando, já sei que sou assim... se me acabar o dinheiro, se eu descobrir que o Pedro está de novo com aquela..., se o diretor me pegar no pé, se a gente não conseguir patrocínio pra produção... Quase que chorou. Quase. A angústia se dissolveu no instante em que pensou essa possibilidade.

A partir daquela tarde, resolveu ser Cleusa na vida. Não mais intrusa, vou saborear o banquete ali, na toalha de renda. Passou a usar o vestido branco de cetim com debruns prateados, os sapatos de salto alto e fivela de *strass*, o batom quase roxo, o rímel negro e pesado. E, sendo Cleusa e feliz, chorou quanto quis as lágrimas das dores de Diana.

Cama I

> *Frigidez rima com
> instituição que rima
> com inquisição.*

Depois dessa, fui embora. Eu, hem? Não tenho nada pra esconder, queria falar de cama cama, tenho a minha tragédia pessoal, ora, papos intelectualóides de semântica, de semiologia, de caralho a quatro, quero mais que a turma se foda. A verdade é que cama é foda, não sei se me entende. Pega a vida de um casal, casadinho e tal, quanto drama em torno da cama. Dentro da cama. Puxa vida, que problema sério, quantos livros já li a respeito, quanta discussão sobre se a vida sexual é a coisa mais importante do casamento, numa escala de um a dez que valor você daria, e o companheirismo, e a construção da família, e o problema do pau que não fica duro, ah, desse ninguém fala, não nas enquetes francesas ou alemãs publicadas nos magazines agradáveis. Ah, mas fala de frigidez, claro. Para meu gáudio. Pois que sou frígida, não sabia?

Impotência, a turma comentou, é diferente de pau que não fica duro. Mas frigidez é de frio mesmo, de baixa temperatura, de duro, de formal, de proibido. Também é falta de resposta sexual, diz o dicionário. Cheguei, um tempo, a pensar que frigideira e frigidaire fossem irmãos etimológicos em grego e que, assim, de fato, a mulher frígida fosse a verdadeira e efetiva mulher quente.

Não tenho vergonha de falar no assunto, não. Mas a grande maioria das mulheres tem, quem vê pensa que tá tudo trepando adoidado, na melhor, a gente chega até a ter inveja. Aí, quando descobri que era frígida, comecei a achar que todas as outras também eram, que nenhuma tinha orgasmo, mulheres infelizes. Tudo na suposição, claro, porque falar efetivamente do assunto nenhuma fala. Teoria sai fácil pela boca, tá certo?, mas contar o seu drama são outros quinhentos. O máximo que você ouve, das casadas, é aquela torrente de reclamações que quer só dizer não agüento mais o meu marido. Será que essas gozam? Bom, tem uma que, se não tiver uma boa briga pra esquentar, nem com todas as fantasias. Outra, um pouco mais declarada, fala pra quem quiser ouvir que "o meu marido não é lá esse fogo, não". Em casa não deve ser mesmo, riu a turma.

Agora, tenho duas ou três amigas íntimas, ah, com elas o papo é diferente. A gente conta tudo. Não tem essa de vergonha social, ou cultural, sei lá. Uma delas, linda mulher, uns *big* olhão preto, aliás está até divorciada, me contava que, se o marido gozasse antes dela, ela até batia nele. Ele que se virasse, tinha de se agüentar até ela dizer estou contente. Mulher macho tá aí. A outra, coitada, parece uma freira. Ela se deita com o marido na cama e fica rezando. Rezando pra ele não chegar perto. É bonitona, alta, exuberante, tem homem assim atrás dela. Pena que seja frígida. E ela me contou, eu disse pra ela que sorte ter tanto homem te querendo, contou que tem um amante e que ele lhe basta. E perguntei, e ela me disse que goza, e muito. Aí, não consegui entender, afinal, é frígida ou não é? Se é frígida com o marido e com o amante não é, então vai ver que o frígido é o marido.

Cama 1

Fica todo mundo mostrando aquilo que não é, não me interessa. Ou então, aqueles relatos de revistas, como dizer, aquelas revistas desinibidoras, que a mocinha estava no escritório, aí veio um moço, o Luís Gustavo — lindo — e a convidou para uma festinha e já aproveitou pra passar a mão no seio dela. A moça era moça direita, claro, que hoje não existe mais mulher torta, graças a Deus. E, como qualquer mulher, adora que lhe passem a mão no seio. Aí, então, toda tranqüila, ela vai à tal de festinha e lá tem dois, três homens massa e sai a maior suruba e é tudo aquela excitação fantástica e aqueles jogos e posições e aqueles beijos suspeitos e a gente lê e fica entusiasmada, claro, porque todos temos direito a essa fantasia toda, não é verdade? Só que parece que é tudo mentira, tudo estória inventada. Então, isso também não interessa. É apenas um passatempo erótico, mas e se não tenho três homens lindos, como é que fico?

Às vezes, penso que sou frígida por problemas lá da minha remota infância. Vai ver minha mãe me castrou, me deixou tolhida pra fazer certas coisas, mas então penso também que todas as criancinhas foram igualmente castradas e não é toda mulher que é frígida, não é verdade? Porque, se todas fossem, então nenhuma seria. A gente só é uma coisa quando tem uma outra mesma coisa que não é. Ouvi isso lá na turma. A minha mãe, coitada, não sabia, mas tudo indica que, quando ela dizia vai tomar banho, vai dormir, chega de brincar, não amassa o vestidinho, apaga a televisão, ela estava me atarraxando uma profunda inibição sexual.

Mas também não me interessa. Por convênio com a turma, passei uns bons anos brincando adoidada, sem tomar banho, com o dedo ostensivamente no nariz. Minhas roupas eram da *griffe* lixo. Pensa que adiantou? A turma descobriu que ser adulto criança não resolve... Você acha que é por aí?

Veja bem, sou mulher de um homem só. A gente brinca, mas não salta de nenhuma falésia, diz a turma. E toma coca-cola com muito, muito gelo. Não que isso tenha algo a ver com frigidez, o refresco, quero dizer, mas parece que tem um pessoal que acredita no salto no escuro. E se o salto for da cama para a cozinha?

Cama II

Para os garanhões.
Ah, e para os pepinos também.

Veja bem, sou mulher de um homem só. Casei meio virgem, sempre fui fiel e a minha vida cônjugo-sexual até que não é das piores. A gente transa direitinho, meu marido e eu, certo que mais dorme do que transa, porque a cama foi feita pra se dormir, não é verdade?, e a turma diz que é até natural que, quando a gente é casada, tenha mais cansaço do que tesão. E alguma frigidez...

É fato, que símbolos fálicos encontra a mulher que a deixem estimulada, acesa para o amor? O dia inteiro em casa! Só se for a cenoura que raspa pra salada. Ou então aquela horinha em que está arrumando a cama, esfalfada, de manhã. Olha para o leito conjugal e fica parada, sonhadora, rememorando os loucos momentos ali vividos. Parece mais é que fica imaginando como a cama ficaria linda com aquele lençol, todo bordado com rendinhas, pena que é tão caro. Já sei, tem muita mulher que sai pra trabalhar. Admiráveis, essas. Sábado na feira, domingo no tanque.

Agora, homem! Pra eles, qualquer bundinha é uma bundona, qualquer bolinha, um peitão. De espada na mão, montado no seu cavalo, lá parte ele pra conquista, derruba tudo que estiver no caminho e vai amealhando: mulher, dinheiro, posição, triunfo, sucesso, sucesso, ôrra, se faltar um item, o pau não fica duro.

Até imagino o que você vai me perguntar agora. Como é que sei tudo isso, sendo mulher que fica em casa, fiel, honesta, quietinha. Ficava, meu bem, ficava. Hoje, sei mais da vida. Mas também já sabia naquele tempo. Tanto sabia que, por exemplo, eu observava. O marido da minha prima era o maior — sabe — por aí afora. Parece que galinhar nunca sai da moda. Papava qualquer coisa que aparecesse. Compreendendo, minha prima se calava. Aceitar, não aceitava muito não, mas vai ver é importante pra ele se afirmar como homem, ela dizia sempre.

Até que um dia... de tanto observar, um dia me enchi o saco, sabe como é? Pros homens tudo, pra mim nada? Mesmo que o tudo deles fosse torto, eles tinham lá o seu prazer, viviam lá as suas aventuras, preenchiam buracos com emoções. Baratas, mas às vezes também caras.

Pra mim, esse tipo vazio de satisfação — pois, como diz a turma, há valores um pouco mais consistentes na vida, tá certo — equivalia ao de encher-se com a fumaça do cigarro, igualzinho. Você fica chupando aquele canudo, engole vento, solta bafo e pensa que fez muita coisa. Pior, nem curte, porque faz por hábito, a cabeça está longe, pensando ou vivendo outras coisas. E, pior aínda, nem se liga no cigarro de agora, pois já está fixado e comprometido no próximo que está por vir. Então, como ia dizendo, se, em sendo frígida, eu nem ventava nem bufava, resolvi arejar.

Fui pra cama. Não pra dormir, nem pra descansar. Sabe lá o que é romper uma tradição? Sabe lá o que é subir numa

Cama II

falésia, a mais alta, vir correndo lá de longe e saltar no espaço sem ser avião, nem planador, nem passarinho sequer, frígida, dura, de braços abertos como na cruz, numa queda que não termina nunca e, depois de anos-luz, mergulhar — de cabeça é claro, que não sou louca pra cair de bunda — mergulhar nas águas do mar azul, do mais azul? Por que azul? Ora, como sou brasileira, só conheço mar verde. E estou cheia de mar verde, por mais bonito que seja, e é, não é verdade? Mas bonito ou não, gosto do mar que não tenho e esse é azul...

Então, fui pra cama com um homem. Quem? Não adianta dizer, você não conhece.

Cama III

> *Tres regalos para el magazine*
> *del macho que juega. Pero que*
> *no me quiere...*

O importante é saber que fui pra cama com a finalidade precípua de manter uma relação sexual. Curiosidade, proposta cívica, acompanhar a evolução dos tempos, teste, não ficar por baixo, mulher precisa deixar de ser burra, nada, nada disso foi que me motivou.

Sabe, esse negócio de frigidez é muito provocante. A turma, coitados, não conseguiu resolver o meu problema. A coca-cola... não sei. Com gelo e limão até que é legal. Veja que precisa de um azedo.

Devia ser umas nove da noite e lá estava eu passeando pela calçada. Não era *trottoir*, não. Quer dizer, era, mas do meu cachorrinho. Bom, aí vinha vindo um carro. Poucos, passam poucos carros na minha rua. Esse, com o farol alto aceso e logo pensei, vai levar uma multa, é proibido trafegar com a luz alta. Movida por espontânea curiosidade, apoiei a mão sobre os olhos pra ver a cara do infeliz. Acho que o fulano pensou que lhe fazia sinal, não sei, brecou, deu marcha a ré e veio conversar comigo. Eu, eu achei que vinha me perguntar onde é que fica a

Igreja São Tomé, aliás, fato comum na minha rua. Achando graça do meu próprio pensamento, respondi toda sorridente que sim, moro aqui perto.

Não levou nem cinco minutos e respondi que não, a motel não vou. Pus a cabeça pra fora da janela do carro, gritei pro Didi vai pra casa!, me espera lá! e, enquanto tentava abotoar minha blusa, a despeito da mão grande e fogosa que passeava por dentro do *soutien*, eu pensava, ser ou não ser, eis a questão. Sou, concluí. Frígida? Não, não pense nada de mim, só porque afirmo algo categoricamente. Sou puta mesmo. Ainda tive tempo, antes da decisão seguinte, de pensar que não, não sou, apenas estou. Pois, como diz a turma, a moralidade é apenas uma parte da superestrutura ideológica e esse conceito machista muito particular foi inventado pelo cara que jamais perdoou sua mãe ter dormido com o pai. E fui. Não ao motel, que essas coisas não ficam bem para uma senhora casada, não é fato? A mão dele era demais. Fomos ao seu apartamento. Não quero muita luz, pensei. Saindo do escuro, ele vai ver que não sou tão bonita assim. Idiota, nada de pensamentos atrapalhativos, vai numa boa. O salto era no escuro, lá adiante será o mar azul.

É evidente que, a despeito do fulgor da situação, pude observar que se tratava de um homem fino. Falava português de Portugal, tinha um relógio de qualidade (parecia Rolex), era jovem, bonito e tudo nele cheirava gostoso. Não podia ser um bandido. Que sorte!

Relutando, relutando, no caminho, entre uma apalpadela e outras, fomos contando nossas histórias, quem sou, como sou. Você sabe de onde eu venho? Que grande exercício! Ser qualquer outra pessoa, aposentar o livro já tão manuseado... Ele se diz solteiro, dentista (dentista é que gosta de buraquinho, não é?), líder sindical, atleta. Eu? Ora, divorciada, vinte e nove anos, mulher independente, filhos que não vivem comigo, pessoa tranqüila, bem-sucedida, trabalho com moda — epa, esse papo não tá com nada — adoro nadar e jogar vôlei. Adoro mesmo é dançar...

Foi um verdadeiro tango argentino. Fumando espero aquele que mais quero.

No Jardim

Havia um quadrado, tijolos cercando. Alguma grama, perseguição de tiriricas. Flores, ralas. Que rebrotavam por dádiva. Três ou quatro vasos de samambaia, uma avenca. Em 1920. Contra o muro, dois hibiscos, um branco, um rosa. Uma hera que não subia para lado nenhum.

Em 1930. Uma roseira espinhenta. Firme, porém. Ramagens de rosinhas cor-de-rosa quase que o ano todo. *Pink roses.* No matagal.

Em 1940. Uma samambaia pendurou-se no teto, virou de metro. O antúrio, num vaso da época, de pedra, três eventualmente promissoras folhas verde-desbotadas, necessitando sombra e alimento. A terra, lamenta, coberta de pedras.

O trópico tomou conta, em 1950. Folhas verdes, densas, com ou sem matizes, com furos ou não, enroscaram-se, atracaram-se e tudo dominaram. Saiu vencedora a costela-de-adão, grandalhona, muito amada por simples e profícua. Chata. Úmido e sombra.

Tédio vegetal. Busca. Grandes buracos, novas terras. A joalheria, em 1960. A pesquisa da flor, o sonho de grandes tufos amarelos, vermelhos, brancos, a cata do azul. A morte rápida, o desvanecimento passando pelo matiz do castanho seco e esturricado. Na obra constante de reconstrução, o difícil. Perpassa incólume o antúrio, no vaso de pedra. Oito folhas verdes em pouca terra, nenhuma flor.

Em 1970, a samambaia, nos seus três metros, uma vasta coroa, impera quase que sozinha. Atrai, no cansaço, o que já nasceu fácil. Os cantos do quadrado se arredondaram, o círculo se encontra prenhe de palmeirinhas, espadas-de-são-jorge, dracenas. No contorno, um tufo de grama preta, menos esquecido que o antúrio.

O cone, coníferas, as formas limpas. 1980. Prazer do harmonioso, paz do sólido, perfume do consistente. Paixão eterna.

Em 1990. Dois mil. Dois mil. Milhares de folículos de grama finíssima, um tapete mimado. Lápide charmosa de tudo que o vento não levou.

Hoje. Está lá. Ou esteve. Que restou, ainda com a aura de quem primeiro deles cuidou, e com os matizes dos pares de mãos que por eles circularam, foram o xaxim de samambaia e o vaso recheado de antúrios. É através deles que converso com alguém... que já partiu.

Fragmentos de um Espelho em vez de Posfácio

Alice, Alícia, Marília ou a Amiga. Cada mulher dos contos de Amália Zeitel é um fragmento de espelho que reflete uma parcela da condição feminina que é preciso recompor mentalmente ao fim da leitura de *Morangos com Chantilly*. Sobre cada uma dessas mulheres recai, como um peso, a trama do cotidiano. Poderiam voar essas personagens, não fosse o lastro das panelas, das fraldas, da indiferença masculina? A essa questão o livro não responde. Apenas desenha, com minúcia de onde não está ausente a beleza das coisas pequenas, os múltiplos liames que enlaçam os impulsos e desembocam na frustração. Amália Zeitel se detém no inventário, no miúdo bordado das tarefas femininas e nas batalhas sem glória que, do café da manhã ao leito da noite, pontuam o mundo doméstico. É uma soma opressiva, uma conta que não promete ter fim. Mas há no centro dramático de cada texto uma ânsia de transcendência que, ao longo da leitura, forma um fluxo subterrâneo. Sabe-se que o caldo está engrossando.

Emerge destes contos a mulher que, de várias formas, procura o "coração do homem", tentando o compasso entre o seu destino biológico e o seu alvo afetivo. Há aquela que se revolta e se doma no mesmo ciclo, a que pune a si mesma pensando punir o outro, a que imagina ter cumprido a "missão" no exato momento em que é obrigada a retornar ao ponto de partida. Em cada uma delas o desejo é adiado, alguma coisa não se cumpre.

Para cada fragmento há um modo diferente de narrar, uma abordagem experimental na estrutura do conto que põe em relevo o impulso próprio da personagem. "A Dama do Café", primeiro conto do livro, é a visão panorâmica, exterior e ainda intuitiva, de um ciclo condenado à repetição. Outro conto, "Diário", é quase um tratamento documental do adiamento, dispensando a consciência da personagem. Para falar do possível, de uma energia transformadora que poderia vencer o cotidiano, Amália Zeitel recorre ao maravilhoso, presente em "Mestra Lica". "No Jardim", ponto de chegada do livro, o factual é esmaecido para dar lugar à sensibilidade — não necessariamente feminina — que é fonte e alimento da metáfora. Entre esses pontos assinalados, o leitor reconhecerá as diferentes veredas trilhadas por uma consciência que explora um tema e vai encontrando, para cada nuança, uma forma peculiar de expressão.

Ao final, o livro de Amália Zeitel nos conduz a uma ampliação da consciência. Os anos 60 deixaram como herança, no Brasil e no mundo, um competente exame da condição feminina. Incontáveis textos debateram, ponto por ponto, as formas de opressão manifestas na relação entre os sexos, no mundo do trabalho e no Código Civil. Entretanto o que transparece em *Morangos com Chantilly* é a vida contemporânea vista pelo lado de dentro, a face interior da psique e o que se exerce, como prática, entre as quatro paredes do lar. Ao que parece o curso da vida cotidiana mantém uma respeitável distância dos objetivos do discurso sociológico. Se isso é verdade, então, é preciso olhar de novo.

Amália Zeitel parece querer dizer-nos que há uma alma feminina sobrepondo-se a toda contingência, apropriando-se do mundo como nenhum ser do outro sexo poderia fazê-lo. Se aceitarmos essa indução, se percorrermos com a autora as fronteiras demarcadas do quarto e da cozinha, poderemos começar a reconhecer a *diferença* que deveria suportar — em nome do princípio de realidade — a reivindicação da igualdade entre os sexos.

Por enquanto, as personagens deste livro estão reconhecendo a si mesmas, identificando com esforço o que pode crescer sob a onipresente sombra do masculino. O ser que as contrasta, objeto de temor e desejo, raramente tem acesso a este cenário ficcional. Este trabalho de exploração, realizado furtivamente, traz suas figuras até o umbral, até o ponto em que podem divisar o que está além da porta. Neste ponto o livro deixa o seu leitor, sem lhe prometer o paraíso.

Mariangela Alves de Lima

COLEÇÃO PARALELOS

Rei de Carne e Osso, Mosché Schamir
A Baleia Mareada, Ephraim Kishon
Salvação, Scholem Asch
Adaptação do Funcionário Ruam, Mauro Chaves
Golias Injustiçado, Ephraim Kishon
Equus, Peter Shaffer
As Lendas do Povo Judeu, Bin Gorion
A Fonte de Judá, Bin Gorion
Deformação, Vera Albers
Os Dias do Herói de seu Rei, Mosché Schamir
A Última Rebelião, I. Opatoschu
Os Irmãos Aschkenazi, Israel Singer
Almas em Fogo, Elie Wiesel
Morangos com Chantilly, Amália Zeitel

Este livro foi impresso na
LIS GRÁFICA E EDITORA LTDA.
Rua Visconde de Parnaíba, 2.753 - Belenzinho
CEP 03045 - São Paulo - SP - Fone: 292-5666
com filmes fornecidos pelo editor.